Widmung:
Richard D.

Originalausgabe
1. Auflage 2022
Umschlagsgestaltung: Kate Cruz, Julian M.
Logogestaltung: Kate Cruz, Julian M.
Illustrationen: Kate Cruz
Druck und Bindearbeiten: Amazon
Gedruckt in: (siehe letzte Seiten)
ISBN: 9798843852795

JEFF H. MALUM

BACKFIRE

– Zweite Staffel –

Band 3: Civilian

Zweite Staffel

Band 3: Civilian
Band 4: Hypoxia
Band 5: Fear Yourself

Extra 2: Cutting Curtains

Charaktere

Julien T. Crow (19J.)   - junger Erwachsener aus Old-Bluetown, der seine Eltern in frühen Jahren verlor

Kian Leon Winter (19J.)- bester Freund von Julien, groß und temperamentvoll

Ricard Tauffle (18J.)   - fester Freund von Kian, klug, aber unsicher

Lenna D. Wrestle (18J.)- gute Freundin von Julien, etwas verpeilt aber vertrauenswürdig und verlässlich

Melissa Wrestle (??J.)   - Mutter von Lenna, Ärztin im GSIH, aktuell vermisst

Asfat Kinshandus (20J.)- ehemaliger Mitschüler der anderen, herzensguter Mensch, Pazifist, aktuell vermisst

Roberto Hunters (18J.) - ehemaliger Mitschüler der anderen, unzuverlässig und eigensinnig, aktuell vermisst

Axton Carlsson (31J.) - ehemaliger Anführer einer kleinen Überlebendengruppe aus Georgestone, Gefängnisflüchtiger, aktuell vermisst

Reid Gates (24J.)   - Neuzugang in Juliens Gruppe, ehemaliges Mitglied von Axtons Gruppe, früherer Sekretär des GSIH

Dave Davidson (32J.) - Polizist der GSG, aktuell vermisst

VORWORT & DANKSAGUNGEN

Einen wunderschönen guten Tag wünsche ich euch! Mein Name ist Jeff H. Malum, aber wenn ihr dieses Buch erworben habt und *Backfire* bereits bis hierher gelesen habt, wisst ihr das bestimmt schon. Ich möchte hier ein paar Sachen im Voraus loswerden: Zunächst würde ich gerne betonen, dass es sich bei diesem Werk (sowie aktuell allen meiner Werke) um Amateurkunst handelt. Damit meine ich, dass ich freizeitlich und unabhängig schreibe. Aktuell ist das Schreiben für mich ein Hobby — oder sogar mehr als das — es ist eine Leidenschaft. Zudem habe ich aktuell keine Partnerschaft mit einem Verlag, AgentIn, etc. Alles kommt aus eigener Hand und eigener Kasse. Was das außerdem bedeutet: Ich gehe üblicherweise durch keine professionellen Lekturen und Korrekturen. Natürlich geht jedes Buch durch etliches Drüberlesen, sowohl von mir selbst, als auch von diversen FreundInnen. Dennoch kann es passieren, dass sich hier und dort Fehlerchen einschleichen, Formatierungsfehler übersehen werden oder sogar Begriffe und Wendungen abgesegnet werden, die jede/r EditorIn sofort rausschmeißen würde. Ich bitte dies zu entschuldigen, bin im selben Atemzug aber positiv, dass sich das in der Zukunft zum Besseren wenden könnte.

Außerdem möchte ich euch gern die neue Erzählstruktur näherbringen. Ihr müsstet es aus der ersten Staffel von Backfire (mit *In Solitude* und *Twenty Hands*) gewohnt sein, dass über jedem Kapitel explizit steht, wer dieses Kapitel erzählt. Ich selbst hatte jedoch die Empfindung, dass die wenigen Kapitel, die nicht

Julien direkt folgen, dadurch etwas aus dem Rahmen wirkten und der Wechsel zwischen mehreren Figuren in der ersten Person schwer durchdringbar war. Auch für mich wirkte es sehr unauthentisch, Figuren einen ganzen Ich-Erzählfluss mit eigenen Gedankengängen für nur jeweils ein Kapitel zu geben. Deshalb habe ich entschlossen, das System etwas umzuwerfen. Folglich wird es so aussehen:

Alle Textpassagen, die aus der ersten Person ("Ich-Perspektive") geschrieben sind, folgen generell Julien. Keine Figur spricht mehr außerhalb der wörtlichen Rede in Ich-Form. Dennoch gibt es Szenen, die Figuren abseits von Julien folgen. In diesen Szenen, in denen Julien nicht anwesend ist, wird in der dritten Person erzählt. Das klingt jetzt vielleicht erstmal kompliziert, aber in *Civilian* wird sich zeigen, dass es so deutlich besser funktioniert und ganz einfach zu durchblicken ist.

Abschließend möchte ich noch kurz das Staffelsystem von *Backfire* erklären. Wie bereits in den ersten Seiten der Bücher, im Sammelband, auf der Homepage und auf YouTube) aufgeführt, ist wichtig zu wissen, dass *In Solitude*, *Twenty Hands* und der Extra-Band *Voices of Violence* zusammen die erste Staffel bilden. Eine Staffel im Kontext von *Backfire* bedeutet also in etwa: Eine Reihe von (Kurz-)Romanen, die inhaltlich unmittelbar zusammenhängen und einen meist abgeschlossenen Storystrang innerhalb der großen Gesamtgeschichte erzählen. So drehte sich die erste Staffel also um den Ausbruch der Apokalypse und die ersten, unsicheren Tage des Überlebens. Natürlich geht es dabei immer um Julien und FreundInnen. Die Staffeln können dabei unterschiedlich lang sein, aber immer innerhalb eines gewissen Rahmens. Staffel 2 ist zum Beispiel ein Buch länger als Staffel 1. Jede Staffel wird dabei ergänzt um einen Extra-Band der Anthologie, die also (um etwas Abwechslung zu gewähren) Geschichten abseits der Hauptgruppe erzählen.

Sollte irgendwas in den Ausführungen unklar sein und auch nach Ende des Bandes unklar bleiben, fühlt euch gern eingeladen, mir jederzeit Nachfragen per E-Mail, YouTube oder Instagram zu stellen. Dafür stehe ich stets zur Verfügung.

Abschließend möchte ich mich noch bei einigen Personen bedanken: Vielen lieben Dank an Richard und Florian für eure tatkräftige Unterstützung auf allen Wegen und Plattformen. Ohne euch hätte ich vielleicht schon längst den Mut zum Weiterschreiben verloren. Ein großes Dankeschön auch an Carolin für das stetige Probelesen. Auch Dave und Dominik möchte ich herzlich danken, vor allem für eure Unterstützung auf den sozialen Medien. Max, Marc und Leon – ihr verdient meinen Dank dafür, mich von Anfang an angefeuert zu haben und dafür, dass ihr bestimmten Figuren Leben geschenkt habt. Ohne euch als Inspirationen wären diese Figuren nicht, wer sie sind. Ich möchte mich außerdem bei meiner gesamten Kernfamilie bedanken. Ihr macht mir von vielen Seiten gesehen möglich, dass ich hier gerade sitze, dieses Buch schreibe, das Cover finanzieren kann und in der Lage bin, alles selbstständig zu veröffentlichen. Oh, und Ömer, wenn du das hier liest: Fühl' dich gedrückt. Last but not least möchte ich auch einen unendlichen Danke äußern an alle, die das hier gerade lesen. Ihr, die dieses Buch erworben habt, helft mir auf jedem einzelnen Schritt meiner Leidenschaft für das Schreiben. Für euch sind diese Geschichten, die ich mit euch teilen möchte. Danke!

INTRO

Zu irgendeinem Zeitpunkt.

"Ein roter Pickup, haben die gesagt!", schrie der Einäugige in die Gesichter der Gruppe. Sie standen am Ufer des Flusses.

„Das ist mir schon klar, aber du SIEHST doch, dass die verdammten Brücken zerstört sind! Willst du jetzt einmal um die ganze Stadt fahren? Dafür haben wir echt nicht genug Benzin … und—" – dann fiel dem Weißbärtigen der andere ins Wort, der, der vorher als Hausmeister gearbeitet hatte: „Und außerdem wird's dunkel. Also ICH fahr nicht blöd durch die Gegend wenn's dunkel ist, Mann."

„Also riskieren wir, dass die uns einfach abknallen, wenn wir da ankommen? Roter Pickup, Leute, roter Pickup war abgemacht," wimmelte er das Zureden ab. „Der Hausmeister hat ja Recht, aber die Gegenargumente überwiegen," dachte er.

„Packt die Waffen in die Seesäcke und macht euch gefasst auf beschissen kaltes Wasser," nuschelte er nun durch seinen dichten, für das Alter ungewöhnlich weißgrauen Vollbart. Dann schaute er allen nacheinander ins Gesicht: dem Einäugigen, dessen Bruder, dem Hausmeister, dem ehemaligen Verräter und ihr. Letztere nickte stark und entschlossen.

„Also … ich hoffe, ihr habt alle euer Seepferdchen gemacht!" Dann hüpfte er in das kalte, leicht meerwärts strömende Wasser und begann, durch den weiten Fluss zum fernen Stadtufer zu kraulen. Er schaute nicht zu den anderen zurück, wollte sich nicht überreden lassen, doch noch zu warten. Er hoffte nur, dass die von dem Funkspruch noch da waren … der Kontakt war so lange her. Am anderen Ufer erstreckte sich die Hafenstadt.

„Lange ist's her…," dachte er voller Wehmut.

KAPITEL 25

Jetzt.

Langsam strich ich durch die Nebenstraßen der Wohngegend. Im Vergleich dazu, wo wir vor einiger Zeit untergekommen waren – und vor allem im Vergleich zu dem Ferienhaus damals – war diese Ecke eher heruntergekommen. Ich würde noch nicht so weit gehen und sie als Slums bezeichnen – dafür war es noch zu zentral und sauber – aber es hatte schon einen anderen Ton. Statt überall kleine Villen wie auf Green Mountain oder ansehnliche Ein- bis Zweifamilienhäuser wie in der nördlichen Waldrandsiedlung waren hier eher Betonklötze, Plattenbau-Wohnblöcke und etliche To-Go-Restaurants mit schlecht designten Logos oder Werbebannern. Nichts wirkte, als gäbe es noch groß etwas zu holen. So wanderte ich die Straße hinunter. Mittlerweile hatte ich mich an das Gewicht der Uniform gewöhnt, doch sie drückte immer noch etwas herunter – ganz besonders die Weste. Aber hey, Sicherheit geht vor. Ich erinnerte mich selbst jetzt optisch ziemlich an die Polizisten von damals, die am ersten Tag erfolglos versuchten, uns aus der Stadt zu bringen. Damals, als wir noch nur neun waren. Deren Kleidung war jedoch pur dunkelblau, ohne dieses Camouflage-Irgendwas – und sie trugen einen Helm und 'ne Menge Extrazeug an der Weste. Funkgeräte, Taschenlampen, Kameras, solches Zeug. Ich bin froh, dass meine Weste zumindest zwei Ersatzmagazine für die Browning BDM tragen konnte.

„Was wohl aus den beiden geworden ist?", flüsterte ich vor mir her. Ich meine, mich noch dunkel an ihre Namen erinnern zu können: Dave und Barry. Sie schrien nach einer Kollegin und einem Kollegen, als wir uns trennten, doch deren Namen waren nur noch Schall in der staubigen Retrospektive. Nach diesem Tag waren wir verschwunden und wir hatten sie nie wieder in der Stadt gesehen, bei keiner der Touren. Auch ihre angebliche Sicherheitszone klang wie ein Mythos. Sollte sie wirklich existiert haben, war sie gut versteckt. Gut genug für uns. So gut, dass nicht einmal Lockes haarige Spürnase sie wittern konnte.

Dann erreichte ich dieses eine Gebäude, das meine Aufmerksamkeit auf sich zog. Ein kleines Gebäude zwischen mehreren weiteren. Es hatte große, zugestaubte Fensterwände und eine weißgraue Tür mit farbigen Kinderhandabdrücken, Zeichnungen und Fotos von Gruppen kleiner Kindergartenkinder. Ich senkte meine Pistole, steckte sie zurück in das Halfter und schritt näher an die Glaswand. Ich versuchte, hindurchzusehen, doch erkannte nur irgendetwas Unklares, etwas Buntes auf der gegenüberliegenden Seite. Also zog ich einen Lappen aus meiner Gesäßtasche und wischte frei, was zumindest von meiner Außenposition zu beseitigen war. Dann erkannte ich einen großen Spielraum, gefüllt mit etlichen bunten Würfeln und Bällen, kleinen Schaukelpferdchen, einer kleinen grün-rot-blau-gelben Plastikrutsche, die in ein flaches Bällebad führte und … Blut. Ich wollte mehr von dem Fenster freiwischen, doch wurde mir plötzlich das Sichtfeld versperrt. Ich schreckte zusammen, sprang einen Elefantenschritt zurück, riss die Browning aus dem Halfter und richtete sie einhändig gen Scheibe, wo nun ein Verfaulter stand – zum Glück ein Erwachsener – und sinnentfremdet von innen gegen die staubige Glasscheibe stolperte, als versuchte er, hindurch zu schreiten, zu mir, seinem Fraß. Wir starrten uns in die Augen, noch einige Sekunden, vielleicht sogar eine Minute. Ich wollte schießen, durfte nicht – zu laut. Und dann lenkte auch etwas anderes meine Aufmerksamkeit auf sich: Unweit von mir, gleich um die Ecke am Ende der engen Seitengasse klirrte etwas, als hätte jemand einen Tellerberg umgeworfen oder eine Schüssel fallen lassen. Nun versuchte ich, ruhig vorzugehen. Ich nahm die Pistole wieder in beide Hände, richtete sie auf Schulterhöhe und schritt langsamen, gedämpften Schrittes soweit es mir möglich war zur Kante, die um die Ecke leitete. Noch bevor ich vollständig herumschreiten, oder auch nur vorsichtig herumlunzen konnte, griff eine starke Hand nach mir, drückte die Waffe nach unten, schlug sie mir aus den Fingern, riss dann an meinem Arm und verpasste mir einen gezielten Schlag mitten auf die Nase, die sogleich zu bluten begann. Der Griff löste sich mit dem Schlag, woraufhin ich noch einige wenige Schritte zurückstolpern konnte, dann aber zu Boden glitt und wie ein Marienkäfer auf dem Rücken wehrlos im Staub der Zeit lag.

„Ich hätte nicht wieder alleine gehen dürfen", dachte ich. „Ich hätte auf Kian hören sollen." Und wieder fragte ich mich, ob er nicht doch noch am Leben sei … es war Monate her, seit wir uns zuletzt gesehen hatten.

KAPITEL 26

Davor.

Wir – Kian, Lenna, Ricard und ich – schritten, den invaliden Reid in seinem Rollstuhl vor uns herschiebend, an den hohen Zaun mit Stacheldraht darauf zum Tor des Krankenhauses heran. An dem Eingang des neunstöckigen Gebäudes hing in unübersehbarer Cyanfarbe der Schriftzug *Georgestone Instant Help Hospital*. Darunter ein Schild, das zu einem Parkhaus in der Nähe deuten sollte.

"Halt! Die Hände hinter den Kopf, dann nähertreten!", ertönte eine raue Kratzstimme hinter den Toren. Ich schaute wieder nach vorn. Vier Soldaten und Soldatinnen standen hinter dem Zaun. Sie trugen eine blau-weiße Camouflage-Uniform mit kugelsicheren Westen – wahrscheinlich Stufe II oder IIIA – und Schutzhelme. Dazu waren sie dick bewaffnet mit jeweils einer geholsterten Pistole, einem gut sichtbaren Kampfmesser, ein paar Werkzeugen und einem großen Sturmgewehr – ich erkannte eine XL-64, wenn mich meine Augen nicht trügten. Sie hoben die Gewehre auf Schulterhöhe und zielten in unsere Richtung, nie aber direkt auf einen von uns.

„War ja 'ne Spitzenidee", flankierte mich Kian.

„Ausweisen! Ich hab eure Gesichter hier noch nicht gesehen", schritt einer der anderen Soldaten dazu. Kurz schaute ich durch die Gesichter meiner Freunde. Alle hatten ihre Arme gehoben und die Hände hinter dem Hinterkopf verschränkt. Alle wirkten unsicher. Aber anders unsicher. Es war vielleicht etwas Angst, aber kein Misstrauen, ich hätte die falsche Entscheidung für sie getroffen – außer Kian. Dennoch wünschte ich mir, Henry wäre noch dabei gewesen. Er hätte das Gespräch genauso lösen können, wie er es bei den Bewohnern der Insel zwei Tage zuvor getan hatte. Jetzt war wohl mein Charisma gefragt. Doch zunächst wollte ich der Aufforderung nachkommen.

„Julien Crow, ich bin—“ „Mich interessieren eure Namen nicht. Ich will wissen, *wer* ihr seid und was ihr hier wollt!“

„Überlebende! Was sonst, Mann?!“, schritt Kian höhnisch dazwischen. Dann setzte ich fort.

„Ja, wir … sollten eskortiert werden, wurden aber von den Polizisten getrennt. Dann haben wir uns ein paar Tage in 'ner Wohnsiedlung versteckt.“

„Sekretär. Ich war Sekretär hier.“ Nun meldete sich auch Reid zu Wort, der uns zuvor überhaupt erst auf die Spur des Krankenhauses gebracht hatte. Ich machte einen Schritt zur Seite, um die Sicht zu ihm nicht länger zu blockieren.

„Naja und da ich mein letztes Gehalt nie bekommen habe, würde ich es gerne in ein bisschen Versorgung und Unterschlupf umtauschen.“ Er lächelte, nahm das alles recht locker, schien die Soldaten jedoch nicht zu kennen. Einer der zwei Bewaffneten, der, der zuvor etwas ruppig um unseren Gehorsam bat, schritt näher an das Tor heran und betrachtete den Rollstuhlfahrer genauer.

„Name?“

„Reid Gates. Gebt's weiter, die kennen mich.“ Der Soldat nickte. Dann ergänzte Reid:

„Und gebt den Namen Lenna Wrestle weiter. Ihre Mutter – Dr. Melissa Wrestle – arbeitet auch hier. Wäre scheiße, wenn sie

erfahren würde, die Wachen hätten ihre Tochter weggeschickt."
Lenna blickte hektisch zu Reid hinüber, dann zu dem Soldaten,
mit dem ihr Blick sich kreuzte, dann nickte sie nervös und
lächelte verbittert.

„Und wir brauchen wirklich was zum Essen. Wirklich."
Ricard sagte zum ersten Mal was seit … bestimmt, seit wir Green
Mountain verließen. Mich überraschte, dass mich mittlerweile
überraschte, dass er etwas sagte. Denn vorher – als alles noch
normal war – da plätscherten die Texte nur so aus ihm heraus.
Wie offenherzig und redelustig er immer war … so hatte ich ihn
nicht mehr erlebt, seit das alles begann. Ihr kennt ihn nur so, also
stumm und zurückhaltend, ängstlich und klammernd – aber so
war er nie. Naja, keiner von uns war mehr so richtig wie vorher,
also nur ansatzweise.

„Wartet hier. Baut keinen Scheiß. Ihr!" – er deutete auf seine
Kollegen – „Behaltet sie im Auge!" Dann verschwand er über
den Vorplatz und durch die stählerne Doppeltür nach innen.

„Siehst du nicht, was ich hier sehe?" Kian wandte sich mir zu.
Ich hob meine Augenbrauen und schaute ihn erwartungsvoll auf
seine Ausführung wartend an.

„Militärstaat oder so 'ne Kacke … und wir unterstützen es,
wenn wir da jetzt reingehen."

„Ich sehe eine Chance", erwiderte ich, „und gut ausgerüstete
Wachen, schützende Wände, weiter Ausblick, Ressourcen, Medikamente … 'ne Chance." Er schüttelte den Kopf, dann wandte
er sich wieder von mir ab. Ich reagierte nicht. Nun, ich wusste,
wie er sich fühlte, was er wollte und vorhatte. Die Reise nach
North Penseria war ja auch nicht aus unseren Köpfen ent-
schwunden. Sie würde noch anstehen, doch das Überleben stand

über allem – und wäre es nicht ideal, ein zu Hause zu haben? Einen Standort, von dem aus wir alles regeln könnten, an den wir immer zurück kommen würden? Wir könnten Ausflüge planen, unsere Familien suchen und dorthin bringen, in dem Krankenhaus etwas aufbauen, etwas Neues, etwas Großes. Dagegen kämpfen, dass unsere Welt, wie wir sie kannten, verloren gehen würde. Platz war schließlich genug – dachte ich zumindest. Hineinschauen konnte ich schließlich noch nicht.

„Okay", begann der Soldat, als er das Gebäude wieder verließ und an den Zaun schritt, „ihr dürft rein – unter zwei Bedingungen."

„Was nu'?", warf Lenna ein.

„Erstens: der Sekretär bürgt für euch. Ansonsten kommt nur er rein." Reid nickte bedacht. Der Fremde nickte zurück.

„Zweitens: die Waffen. Alles kommt in die Rüstungskammer, solange ihr hier drinnen seid. Nur die Wachen dürfen bewaffnet bleiben, keine Zivilisten."

„Großartig", schnaufte Kian kaustisch. Er warf mir einen scharfen Blick zu, der alles sagte. Offensichtlich war er unzufrieden und warf mir vor, Schuld daran zu sein, was auch immer passieren könnte. Aber ich glaubte nicht, dass irgendetwas passieren sollte.

„Mein Kollege Randy hier wird gl—" „Oh Gott! Um Gottes Willen!!" Eine Frau stieß die Eingangstür auf und rannte auf den Vorhof. Ihr hellweißer Kittel flatterte in der schnellen Bewegung.

„Das Tor! Jetzt öffnet verdammt nochmal das Tor! Cillian, na los doch!!" Schrie sie erpicht. Ich begann, breit zur grinsen.

„Mom!!", erkannte Lenna neben mir. Meine gute Freundin hüpfte fest fokussiert nach vorn und griff an das drahtige Zauntor, das sich sogleich langsam zur Seite hinweg bewegte. Während es sich noch öffnete, drehte sie sich zurück zu mir und schrie mir zu:

„Diggi, scheiße Mann, das ist meine Mom, Alter!!" Sie hüpfte auf der Stelle und vor Freude begannen Tränen, aus ihren Augenwinkeln zu fließen. Dann, als ein kleinster Spalt eine Öffnung bildete, sprang sie nach vorn und direkt an der Hals der Frau. Sie umarmten sich, sodass man Angst bekommen könnte, eine der beiden könnten jeden Moment zerdrückt werden. Beide weinten und schluchzten. Wir alle guckten zu ihnen und lächelten warm – nur Kian schaute leeren Blickes zu Boden.

„Okay, okay, rein jetzt!", fuhr eine Soldatin dazwischen und drängte, das Tor wieder schließen zu müssen. Wir schritten näher, an dem Drahtzaun vorbei und die Fremden schoben das Tor wieder zu. So standen wir auf dem Vorhof des Krankenhauses – zum ersten Mal hinter einem Zaun. In Sicherheit.

„Also", begann der Ruppige, den Lennas Mutter zuvor Cillian genannt hatte, „ich brauche wirklich eure Waffen. Ihr könnt sie jederzeit wiederhaben, aber hier drinnen macht's die Leute nur wahnsinnig- Versteht bitte, da drinnen sind Kranke und Alte, die das hier draußen…" – er starrte durch den Zaun in Richtung des Stadtbilds – „Die verstehen das hier gar nicht." Cillian streckte seine Hand aus. Meine Mitstreiter zögerten, also ergriff ich die Initiative und zog die Beretta aus meinem Gürtel, drehte sie herum und hielt sie ihm mit dem Griff voran entgegen. Kurz darauf gab auch Ricard seine Buck Mark, Lenna ihre Glock, Reid seine .45 und letztlich sogar Kian seine Luger in die Hände der Wachen.

„Danke." Cillian nickte. Dann schaltete sich Lennas Mutter dazu und gewann unseren Fokus.

„Vor allem danke für euer Verständnis. Ihr braucht wirklich keine Angst haben. Es ist super sicher da drinnen und alles ist gut bewacht – von allen Seiten und aus allen Dimensionen. Ich kann mir nur wage vorstellen, was ihr da draußen erlebt haben müsst und wie schwer es daher sein muss, euch von euren Waffen zu trennen", sie nahm sich ausreichend Zeit, sicherer Miene durch all unsere Gesichter zu streifen, „aber das wird jetzt ein Ende haben." Sie lächelte, dann drehte sie sich in Richtung des GSIH.

„Kommt", winkte sie uns in Richtung des Haupteingangs.

Kurz nachdem wir durch die schwere, metallene Doppeltür schritten fanden wir uns in einer dunklen Vorhalle wieder.

„Hier unten ist's ein bisschen düster", erklärte Lennas Mutter.

„Wir müssen sparen, wo es nur möglich ist und deshalb gibt's hier unten keinen Strom. Die ganzen Geräte und Zimmerlampen oben bekommen den ganzen Strom. Aber da kommen wir gleich hin. Ich gebe euch eine kleine Tour, aber dann", sie lächelte ihre Tochter an, „brauchen wir mal etwas Zeit zu zweit." Ich erkannte nicht viel in der düsteren Halle, doch sie schien ursprünglich als Anmelde- und Wartebereich zu dienen. Wege verzweigten sich in diverse Richtungen, jede verbunden mit jeweils einer Rezeption und mehreren Stühlen und Bänken. Unterschiedliche Aufschriften offenbarten unterschiedliche Bereiche, doch verweigerte die Dunkelheit mir das Lesen. Lediglich auf einem nahen Schild erkannte ich einen Wegweiser gen Kinderchirurgie.

Dann, am hinteren Ende der Halle, näherten wir uns einem Treppenhaus gleich neben den Fahrstühlen. Melissa drehte sich zu uns um und grübelte offenkundig.

„Okay, das wird jetzt anstrengend, aber packen wir." Sie deutete auf Reid.

„Ach, ansonsten lasst mich hier stehen. Die Tour brauche ich eh nicht wirklich", witzelte dieser.

„Nein, nein. Also, wie gesagt: Wir müssen Strom sparen, deswegen fallen die Fahrstühle weg. Heißt, wir müssen ihn tragen und–" Sie inspizierte Reid, der noch immer an den Rollstuhl gebunden war, genauer.

„Kenne ich Sie nicht irgendwoher?"

„Naja, Dr. Wrestle, zumindest haben wir uns zu normalen Zeiten etwa sechzehnmal am Tag gesehen. Einmal früh, einmal Nachmittag und jeweils achtmal auf Ihrem Hin- und Rückweg zum Kaffeeautomaten hinter der Monstera." Er lächelte erwartungsvoll.

„Oh, Mr. Gates! Mit Bärtchen und Gefährt hätte ich Sie ja fast gar nicht erkannt!"

„Und ohne Kaffee", ergänzte er. Beide kicherten kurz. Dann setzten wir uns daran, Reid an allen Seiten zu packen und über 72 Treppenstufen nach oben zu transportieren. Rückblickend finde ich, wir hätten das klüger lösen können. Zwei Leute hätten Reid separat vom Rollstuhl tragen können und eine weitere Person den Stuhl zusammenklappen und einzeln hochtransportieren können. Aber hey, so konnten wir unser Teamwork trainieren, als wir einen bemannten Rollstuhl zu viert weit nach oben balancieren mussten. Und Teamwork war etwas, das wir dringend trainieren mussten. Es würde noch lebenswichtig werden.

„Woaaaah!", stieß ich schweratmig aus, als wir den Invaliden hinter der letzten Treppenstufe zum zweiten Obergeschoss abstellten. Auch Lenna, Kian und Ricard neben mir pusteten dyspnoisch.

„Nur dass ihr's wisst", begann Reid, „für mich war's auch nicht gerade angenehm."

„Ach Schnauze", prustete Kian.

„Gut, Kinder, ihr habt euch genug angestrengt. Ich schiebe den Rollstuhl weiter und ihr lauft ganz entspannt mit." Wir befanden uns nun in einem schmalen aber weitläufigen Gang, der etwa alle zehn Meter durch eine gedimmte Deckenlampe beleuchtet war. Der anscheinende Patientenflur wirkte unter diesen fensterlosen Helligkeitsbedingungen fast etwas bedrückend gruselig. Ich begann, mich nach Laurie Strode umzusehen und wartete darauf, dass Michael Myers mit seinem Messer aus einer der vielen Türen schritt. Doch das würde nicht passieren, denn wir lebten in einem ganz anderen Horrorfilm – ach, wenn es doch nur ein Horrorfilm gewesen wäre.

„Im Prinzip sieht es fast überall so aus wie hier. Der intakte Teil des GSIH sind die Patientenbereiche im zweiten, dritten und vierten Obergeschoss, sowie die Arbeitermensa auf der anderen Seite des Gebäudes und der Labortrakt im zweiten Obergeschoss des östlichsten Rückenflügels. Der Großteil des ersten, fünften, sechsten und siebten Obergeschosses ist abgeriegelt und ohne Strom. Wir könnten expandieren, aber müssten dann wesentlich bewusster rationieren."

„Woher nehmt ihr das alles? Also die Ressourcen? Strom, Wasser, Nahrung?", fragte Ricard skeptisch nach.

„Unterschiedlich. Strom kommt von den internen Generatoren und ein paar erneuerbaren Energiequellen in der Nähe. Ihr wisst schon, Windräder, Solarpanels, sowas. Das Wasser kommt durch Aufbereitungsanlagen und greift auch auf den Penter zurück."

„Penter?", fragte nun Lenna, die nur über wenig geographische Kompetenzen verfügte.

„Der große Fluss um Georgestone. Fließt auch hinter'm Krankenhaus durch. Naja und Essen hatten wir viel hier. Konserviert. Den Rest holen wir aus der Umgebung. Aktuell sind wöchentliche Suchtruppen geplant, die also einmal die Woche systematisch in die Stadt gehen und schauen, was sich auftreiben lässt." Das klang nach einem Konzept, mit dem ich mich anfreunden konnte. Wir selbst waren zuvor plündern gegangen, doch gab es Gefahren hinter jeder Türe. Es hätten Untote sein könnten, wie als ich mit Kian draußen war. Es hätten auch Überlebende sein können, wie beispielsweise die Gruppe Axtons. Doch hier klang es sicherer als zuvor: Mit einer Gruppe Schwerbewaffneter in Schutztracht nach Nahrungsmitteln zu suchen klang möglich und weitaus weniger riskant.

„Und wir kommen näher", kündigte die Ärztin mit wippenden Augenbrauen an kurz bevor wir an einer Doppeltür zum Stehen kamen. „Was nun?", fragte ich mich.

„Uuuuuuuund eingetreten!" Dr. Wrestle drückte den Eingang nach innen auf und präsentierte ein menschenleeres Patientenzimmer. Es sah aus, wie ich es bisher aus der Notaufnahme kannte. Ein recht großer Raum mit mehreren Betten – sechs an der Zahl – die durch sichtschützende Aufstellwände im Raum verteilt standen.

„Willkommen in eurem neuen Zuhause. Ich zähle fünf Leute, ich zähle sechs Betten. Das heißt, ihr habt sogar noch Platz für Besuch“, scherzte sie. Zunächst betrat niemand das Zimmer. Auch ich war unsicher, oder vielmehr etwas überwältigt. „Zuhause?“, dachte ich.

„Na kommt. Rein mit euch. Macht's euch kurz gemütlich, stellt euer Zeug ab und dann statten wir mal der Chefetage einen Besuch ab.“

„Chefetage?“ Kian nutzte alles, um Skepsis und Misstrauen zu äußern. Noch immer war er fest entschlossen, das Krankenhaus bei der ersten Gelegenheit wieder zu verlassen und nach North Penseria aufzubrechen.

„Klar, einen Kopf hat das GSIH immer noch. Ihr seid sicher und willkommen, aber O'Shea wird euch kennenlernen wollen und einen Überblick darüber behalten wollen, wer von unserem, naja, Brunnen trinkt sozusagen.“

„Und lassen Sie mich raten“ – Kian grätschte wieder ein – „wir müssen für das Überleben hier bezahlen?“

„Nein, nein, nicht so. Also jein. Klar, in gewisser Weise muss jeder einen Teil zu einer Gemeinschaft beitragen, aber gar nicht so extrem und kritisch. Ihr bezahlt für nichts und braucht euch nichts verdienen oder so. Es liegt nur im allgemeinen Interesse, zu helfen wo es nur möglich ist.“ Damit konnte sie nicht richtiger liegen. Selten war es so wichtig wie heute, gemeinsam zu arbeiten. Dass jeder einen Teil dazu beiträgt, die Welt, wie wir sie kannten, zurück zu holen und eben nicht gänzlich zu verlieren.

Wir teilten die Betten zu, legten unsere wenigen Mitbringsel ab und ruhten uns kurz aus. Lenna und ihre Mutter standen derweil etwas abseits und unterhielten sich. Sie hatten viel aufzuholen, doch ich bekam kaum mit, worüber sie sprachen.

„Wir haben das nur eurem Sekretär zu verdanken, dass wir hierhergekommen sind. Eigentlich wollten wir schon zurück nach North Penseria fahren", erzählte Lenna.

„Das ist wirklich verdammtes Glück … und ich schäme mich so sehr dafür, was ich gedacht habe."

„Was meinst du?"

„Schatz, ich möchte ehrlich mit dir sein", begann Melissa. „Als das alles angefangen hat, war das Erste, was ich mir eingeredet habe, dass keiner von euch es geschafft hat. Ich stand oben auf dem Dach und hab auf die Stadt rausgesehen und nur dieses … Chaos gesehen. Dann kamen Randy und Dr. Daws und meinten, ich solle so schnell es geht nach unten kommen. Zurück zu den Patienten und helfen." Sie starrte auf den Boden und pausierte kurz. Dann schaute sie Lenna in die Augen.

„Ich konnte nur an dich denken und wollte mir nicht ausmalen, wodurch du gehen würdest. Aber die Leute hier brauchten mich. Also begann ich, zu akzeptieren, dass du wohl…"

„Stopp. Red' nicht weiter. Bitte, Mom. Ich versteh das, yo, ich … du hast ja alles richtig gemacht. Denkst du, ich hab damit gerechnet, dich jemals wieder zu sehen? Und yo, ich weiß immer noch nicht, ob ich Dad wiedersehe. Oder Marco. Oder sonst wen, weißt du?" Marco war Lennas Onkel und der Bruder von Melissa. Er lebte ebenso in North Penseria.

Lenna spürte Wehmut. Sie glänzte nicht wie sonst und hüpfte nicht auf und ab. Selbst ihr sonst so präsentes „yo" war eher ein zwanghaftes Zwischenflüstern. Auch diese verrückte junge Frau war empfindlich, emotional, gebrechlich. Sie war nur besonders gut darin, es zu verstecken – vielleicht sogar vor sich selbst zu verstecken.

„Wir haben jetzt alle Zeit der Welt, aufzuholen. Du weißt, dass ich dich nach der Trennung von deinem Vater niemals weniger geliebt habe. Aber es war uns wichtig, dass du in der Heimat bleiben kannst, deine Schulzeit beenden kannst, deine Freunde behalten würdest."

„Klar, Mom. Aber yo, das spielt jetzt alles keine Rolle. Wir haben uns. Hier. Jetzt." Sie umarmten sich, wollten den Druck, die Verbundenheit nie mehr lösen.

Melissa drehte sich zum Rest der Truppe zurück und wartete, bis Ruhe einkehrte.

„Also", holte sie aus, „ich würde euch jetzt gerne Dr. O'Shea vorstellen. Sie ist die oberste Chefärztin und leitet quasi das ganze Konstrukt. Ihr braucht keine Angst vor ihr haben oder so. Sie ist äußerst warmherzig und freundlich – und falls sie doch einen schlechten Tag hat und euch an die Hälser fällt, beschütze ich euch schon. Also keine Sorge, Kinder." Sie lächelte und kniff ihre Augen dabei fest zusammen.

„Achso und sie wird sich mit jedem von euch einzeln unterhalten wollen. Aber auch da keine Sorge – ich stehe immer daneben, wenn etwas im Schuh drückt."

KAPITEL 27

Ich saß wie auf dem Präsentierteller auf einem Bürostuhl mitten in einem großen, leeren Bürozimmer. Mehr als drei Meter von mir entfernt saß die Leiterin des GSIH in ihrem bequemen Sessel hinter einem ewiglangen Echtholzschreibtisch und musterte mich. Der Raum war abgedunkelt. Lediglich eine schwache Deckenlampe schien direkt über mir. Ich fühlte mich wie im Rampenlicht und irgendwie war das ja auch der Sinn des Ganzen. Sie wollte mich kennenlernen, es ging erstmal nur um mich und wahrscheinlich, ob ich die Aufnahmekriterien erfüllen würde oder so. Nacheinander stellte sie Fragen und behielt stets ein Pokerface, sich nur im Augenwinkel Notizen machend.

„Also, Julien Crow. Fangen wir mit dir an." Ich war allein mit ihr und Lennas Mutter. Melissa stand neben der Eingangstür an die Wand gelehnt und beobachtete stumm. Die Anderen warteten im Flur außerhalb.

„Wo kommst du ursprünglich her?"

„Hier aus Kingsland. Aber etwas weiter weg. Avena State. Kleines Dorf namens Old-Bluetown." Ich versuchte, zunächst nur klar auf ihre Fragen zu antworten, nicht zu weit auszuholen, keine Romane zu faseln. Jede Information könnte später gegen uns verwendet werden.

„So so. Und was treibt dich dann hierher nach Georgestone?" Ihre Stimme klang rau und kratzig. Obwohl sie und Melissa in etwa im selben Alter waren, wirkten sie wie aus unterschiedlichen Generationen. Melissa klang motiviert und freundlich, was sie so viel jünger machte, während O'Shea ernst und kühl ankam, was sie so viel älter wirken ließ.

„Eigentlich waren wir im Urlaub hier, die Anderen und ich."

„Nur ihr Vier?"

„N-Nein…", stotterte Lenna heraus und schaute auf den Boden.

„Wir waren mehr … Neun sogar. Aber yo, Sie wissen sicher, wie's da draußen abgeht…"

„Was war denn das Schlimmste, das du da draußen erlebt hast?", hakte sie nun nach.

„Wir…" – Ricard starrte ins Leere, als ihm die Erinnerungen wieder Tränen in die Augen trieben – „wir mussten einen Freund zurücklassen. Er … er war eingeklemmt … unter Trümmern. Er hat noch gelebt, aber diese Dinger kamen und wir …" Er wollte nicht weitersprechen, doch die Chefärztin schwieg, auf eine Ausführung wartend.

„Wir konnten ihm nicht helfen und mussten fliehen … ihn einfach zurücklassen!" Ricards Kinnbart wurde ertränkt, als das salzige Wasser aus ihm herausschoss.

„Okay", fuhr O'Shea fort, „dann folgt nun eine besonders essentielle Frage: Plant ihr, hier zu bleiben?"

„Definitiv nicht, nein", reagierte Kian entschlossen. „Wenn Sie die Anderen vernehmen, werden Sie da sicherlich ganz unterschiedliche Antworten bekommen, aber mein Partner und ich werden definitiv nicht bleiben. Wir suchen Familie und die finden wir nun mal nicht hier."

„Wenn die Möglichkeit besteht", begann ich, „dann würden wir das sehr gern. Wir können uns hier nützlich machen. Alle von uns. Helfen, etwas aufzubauen und die Hölle dort draußen zu bekämpfen. Wir wollen überleben!"

„Gut. Danke. Das waren alle Fragen. Sie dürfen nun den oder die Nächste hereinschicken." Ich stand aus dem Bürostuhl auf und schritt in Richtung der Tür. Melissa nickte mir zu. Am Ausgang kam ich dann noch zum Stoppen und drehte mich zurück zur Leiterin.

„Entschuldigen Sie, Doktor … könnte ich Ihnen vielleicht ein paar Gegenfragen stellen?" Sie wartete kurz und lehnte sich dann etwas nach vorn und knipste eine Schreibtischlampe an. Ich sah zum ersten Mal wirklich ihr Gesicht. Sie sah so viel jünger aus, als sie klang. Mitte 40 vielleicht. Ihre natürlich roten Haare waren zu einem hohen Dutt gebunden. Die glasblauen Augen strahlten in der Tischbeleuchtung. Irgendwie war sie mir plötzlich viel sympathischer.

„Ich bin überrascht", holte sie aus, „denn alle, die wir bisher aufgenommen haben, haben das ganze Set-Up ziemlich ernst genommen und sich hier verhalten, wie bei einem Verhör. Sie hingegen … sie trauen sich was. Das gefällt mir, Mr. Crow."

„Julien, bitte", korrigierte ich sie.

„Dann bin ich Jayde für dich. Bitteschön." Sie wies erneut auf den Stuhl, auf den ich mich für weitere das Gespräch setzen sollte. Ich schaute noch einmal zurück zu Melissa, die mich nun auch mutmachend anlächelte.

„Ich möchte ganz direkt fragen: Gibt es Hoffnung?" Sie musste kurz schlucken, doch ließ ihr Pokerface nicht fallen, das mir immer noch direkt in die Augen schien.

„Wir hatten direkt zu Beginn Kontakt zu allen vier großen Safezones Kingslands. Wir alle sollten evakuiert werden, doch die Kapazitäten waren schnell aufgebraucht, also hieß es: warten. Bestimmte Einrichtungen – wie beispielsweise unser Krankenhaus – erhielten ein paar wenige Militärsoldaten und die Anweisungen, abzuwarten, bis mehr offizielle Sicherheitsbereiche eingerichtet werden würden. Solange sollten wir im Kontakt bleiben. Es dauerte keine 24 Stunden, bis der Kontakt begann, einzubrechen. Die Sicherheitszone B verschwand zuerst aus unseren Telefonkonferenzen. Unbekannte Gründe, vielleicht schlug die Kommunikation auch unsererseits fehl. Dann – ein bis zwei Tage später – brach der Kontakt zur EDELYA ab, der Sicherheitszone A, einem Schiff nördlich der Stadt. Vermutlich schloss sie mit dem Land ab und brachte sich abseits der Küste in Sicherheit, wo unsere Signale nicht mehr hinkommen würden. Und dann ..." Für einen Augenblick verlor sie das Pokerface, schaute drei oder vier Sekunden bedrückt auf ihren Tisch.

„Erst gestern verloren wir die Verbindung zur Safezone D. Sie schickten zuletzt einen verschlüsselten Warncode mit der Bedeutung, Plünderer hätten die Einrichtung angegriffen und ... es kam keine Meldung mehr danach." Dr. Jayde O'Shea befeuchtete ihre Lippen, dann hob sie ihren Kopf leicht nach hinten.

„Safezone D auf Gaya war der große Laborkomplex. Der zentrale Forschungsort Großbritanniens, an dem bereits vor Ausbruch der Pandemie aktiv an einem Gegenmittel gearbeitet wurde." Zunächst sprach sie nicht weiter, doch ich verstand, worauf sie hinaus wollte. Ich hatte sie gefragt, ob es Hoffnung gebe und ihre Antwort war … nein. Wenn auch indirekt. Sie sagte mir, es würde kein Gegenmittel geben. Zumindest nicht hier. Nicht bald. Aber da war noch etwas anderes…

„Das macht – wenn ich richtig zugehört habe – Kontaktverlust mit den Zonen A, B und D. Das macht also Drei von Vier. Was ist mit dem Schutzbereich C?"

„Gut aufgepasst", lobte sie und hob ihre Augenbrauen.

„C ist immer noch mit uns in Kontakt und scheint noch zu stehen. Der letzte Stand war jedoch, sie wären überfüllt. Ich hoffe nur, dass sie … ja, dass sie sich halten und nicht verschwinden, wie alle anderen."

„Danke für die Ausführung", antwortete ich.

„Gerne, Julien. Nun, wenn du mich entschuldigst: ich muss erstmal deine Freunde einladen. Reden wir später weiter?" Ich nickte, dann verließ ich den Raum. Im Flur saßen Kian, Ricard und Lenna. Reid war unten geblieben. Es wäre zu kompliziert gewesen mit dem Rollstuhl. Zudem kannten sich O'Shea und Reid. Sie würde ihm wohl später einen Besuch abstatten. Meine Freunde erwarteten eine Reaktion.

„Bleibt locker", beruhigte ich sie, „und antwortet einfach ehrlich auf ihre Fragen. Lenna, du gehst als nächstes." Es gab keine feste Reihenfolge, doch ich sah, dass sie am aufgeregtesten und ganz hippelig war.

„Ich gehe schonmal runter", beendete ich, als Lenna sich fast in die Hose pinkelnd gen Büro hüpfte. Dann begab ich mich zurück in das schmale Treppenhaus, stieg 36 Stufen nach unten, ohne zu bemerken, dass ich noch eine Etage zu weit oben war.

Die blassblauen Putzwände waren annähernd identisch mit denen im Geschoss darüber und darunter.

„Also quasi keine Hoffnung", dachte ich, doch war der Gedanke erschreckend unerschreckend. Die Leiterin des Krankenhauses gab mir indirekt die Bestätigung, die Welt befände sich gerade auf dem Weg in Richtung Ende – zumindest wenn nicht irgendein anderer Ort, irgendein anderes Land der Welt mit einem Wundermittel daherkommen würde.

Wieder befand ich mich in einem Gang voller Türen zu Patientenzimmern und gedimmten Deckenbeleuchtungen. Der Flur wirkte lediglich dadurch heller als zuvor, dass einige Türen offenstanden und weiße Zimmerlampen hinaus schienen.

„…wird schon nicht mehr so lange dauern, bis der Stoff fertig ist und wir genügend Impfdosen für alle parat haben, Mrs. Terian", hörte ich eine Krankenschwester sprechen. Eine sehr alte, liebliche Stimme entgegnete:

„Oh, Syntha, Sie sind ja so zuversichtlich in dieser schwierigen Zeit. Fallen Sie nur nicht auf ihr Näschen damit, ja!" Ich lief an dem Raum vorbei und schaute nur kurz hinein. Tiefer im Gang standen weitere Türen offen, dahinter Patienten, Patientinnen und Leute, die hier einfach lebten. Erst das neunte Zimmer zu meiner Rechten erweckte meine Aufmerksamkeit besonders. Ein junger Mann schmückte das bleiche Krankenhausbett in seiner türkisen und dunkelblau bepunkteten Leidendentracht. Seine Stirn war einbandagiert und eine Infusion bestückte seinen rotgebrannten Arm, dessen Finger zudem verarztet worden waren. Dann öffnete er seine großen Augen und stierte mir erschaudert ins Gesicht. Die Augen waren unverkennbar. Ich stürmte zu ihm, umarmte ihn – vielleicht zu ruppig. Er grunzte, dann starrte er mich wieder an und schwieg noch einen Augenblick. Noch bevor er etwas sagen konnte, berichtete ich ihm, was geschehen war, was er verpasst hatte.

„Du Scheißkopf bist hier! Ausgerechnet HIER! Aber wo auch sonst, wenn man sich die Stadt anschaut?" Es fühlte sich fast wie ein Monolog an, als er immer noch nur ungläubig dreinschaute und mich reden sah.

„Wir wollten euch suchen kommen! Wir haben so lange gewartet, aber ihr kamt einfach nicht zurück und dann waren da die ganzen Viecher am Hafen und ihr nicht und …"

„Julien", flüsterte er.

„Ich hab nie aufgehört zu glauben, dass es dir gutgeht. Aber nachdem wir so einiges da draußen gesehen haben und dann zurück in dem Haus waren und keiner da war … ich hab' ehrlich gesagt nicht damit gerechnet, dich wieder zu sehen, Asfat." Weiter schaute er mich an, ließ nun einige Tränen seine schmalen Wangen herunterlaufen.

„Wir haben andere getroffen, gleich wieder verloren, uns fast zerstritten, aber irgendwie sind wir doch alle hier gelandet."

„A-Alle?", raunte er wieder kurz und leise.

„Alle. Lenna ist hier, Kian und Ricard auch und auch Reid, also der, der mit uns geblieben war. Der geht klar." Asfat nickte, dann musste ich nachhaken, was mich beschäftigte.

„Wo ist … ?" Er trennte den Blickkontakt.

KAPITEL 28

„**Schneller** jetzt!", drängte Axton die zwei Jungen. Tanner und Helga liefen an seiner Seite wie zwei Bodyguards, während Asfat und Roberto etwas abgeschlagen spazierten. Sie wahrten Sicherheitsabstand, denn vertrauen konnte sie den Fremden nicht.

„Wir haben schon zu viel Zeit in dieser blöden Garage verschwendet. Also los, kommt, bevor unsere Kontakte weg sind." Sie hatten zuvor eine Garage untersucht, die ihnen ins Auge gestoßen war. Diese gehörte zu einem Einfamilienhaus und beherbergte einige Werkzeuge und Waffen – wie sich dann herausstellte jedoch ausschließlich rostige und morsche Werkzeuge und Spielzeugwaffen. Roberto war stumm geblieben. Er befand sich in einem Konflikt zwischen Aufsässigkeit gegenüber den scheinbaren Feinden, Enttäuschung gegenüber ihren Mitschülern, die im sicheren Zuhause zurück geblieben waren und Todesangst.

„Ich bitte euch noch einmal", rief Asfat von etwas weiter hinten.

„Nun erklärt uns doch endlich, was genau euer Plan ist! Wir wollen doch nur sicher zurück zu unseren Freunden…" Auf einer kleinen Kreuzung in einer der Hintergassen Georgestones kamen sie kurz zum Stehen. Dann drehte sich Axton zu den Geiseln um und sprach kratziger Stimme von oben herab – wortwörtlich, denn er war fast zwei Meter hoch.

„Hör mal, Junge, ich weiß, was ihr für 'nen Eindruck haben müsst. Aber lass mich das kurzfassen: Wir wollen nur überleben und das wollt ihr sicher auch. Hier geht alles den ziemlich den

Schissberg runter und alleine kommt keiner mehr lange klar. Wir haben euch zwei mit als Versicherung, dass wir uns mit den anderen zusammenschließen können. Größere Gruppe, mehr Kraft. Für Sympathie ist später Zeit."

„Um Gottes Willen, aber das hätte man doch anders regeln können! Ihr denkt wirklich, SO entsteht eine kooperative Gemeinschaft?", argumentierte Asfat.

„Wenn nicht, dann halt klar hierarchisch, aber Hauptsache zusammen."

„Nein, eben nicht!" Asfat regte sich darüber auf, wie Axton die Situation sah und sein innerer Pazifist konnte und wollte das nicht akzeptieren. Er hoffte, mit etwas Appell doch an die Feinde heranzukommen, eben um sie nicht mehr als solche zu sehen. Dann fuhr er fort:

„Wir ALLE haben doch jetzt gesehen, was sich aktuell aufbaut! Der logische Schluss wäre doch, GEMEINSAM daran zu arbeiten! Eine Übergangslösung zu finden, von der wir ALLE gleichermaßen profitieren können bis das alles vorbei ist und vor allem, die uns nicht auseinander-, sondern zusammentreibt!! SO wird es nur Aufstände geben – und ja, Glückwunsch – wenn es dazu kommt, dann werdet ihr leben, denn DAS heißt es „Der Stärkere gewinnt" und IHR seid hier ja offensichtlich die Stärkeren, aber verdammt, ist das, IST DAS wirklich wie es laufen soll?!" Für einen Augenblick schaute ihn Axton respektierend an, guckte fast schon blöd drein und schwieg, legte sich seine Gedanken zurecht, bevor er antworten konnte.

„Pff, mit DENEN werd' ich safe niemals zusammenleben, das könnt ihr euch in den Arsch schieben", grätschte Roberto ein, dann reagierte Helga:

„Oh, keine Sorge, du speckiger Wicht wirst den Tag nicht mehr sehen!"

„Und DU hässliche Fotze auch nicht!!", brüllte er zurück. Helga hob ihre MP5K in die Luft und feuerte eine Salve Schüsse ab. Der ohrenbetäubende Lärm ließ alle außer ihr selbst und Axton zusammenschrecken.

„PASS auf, was du sagst, sonst landet die nächste Salve in deinem Fettwanst!!" Die ganze Situation drohte zu eskalieren, oder vielleicht tat sie das bereits.

„Jetzt beruhigt euch endlich!", schrie nun der Fünfte dazwischen, Tanner, der gute Freund Reids und Arzt am GSIH. Alle hörten ihn, doch keiner beachtete ihn. Roberto und Helga glotzten sich noch immer angespannt in die Augen und Axton und Asfat achteten jeweils auf denjenigen, der oder die neben ihm stand um sicherzugehen, dass niemand handgreiflich werden würde. Tanner versuchte derweil weiter unbeachtet, zu deeskalieren:

„Kommt schon! Steckt eure Waffen weg, spart eure Patronen. Vielleicht werden wir sie brauchen – und gerade hieß es noch, wir sollten uns beeilen, weil wir schon zu viel Zeit verloren haben, also WORAUF warten wir jetzt noch? Haben wir nicht Axtons Kontakte zu besuchen?!" Er sprach ins Leere.

„Leute!! Meine Güte, jetzt lasst den Kindergarten gut sein, reißt euch zusammen und krrr—" Seine Stimme verstummte und ging in ein Gurgeln über, als ihn vier Arme griffen und zu Boden zerrten. Es waren Verfaulte. Einer riss Tanner die Kehle aus dem Hals, der Andere begann, sich an den Hüften zu nähren und arbeitete seinen Weg tiefer in Richtung der Oberschenkel. Erst als alles eskalierte erreichte Tanner die Aufmerksamkeit seiner Mitstreiter und starb, ihnen panische und vorwurfsvolle Blicke zuwerfend, während keiner reagierte.

„Wie er sagte, Patronen sparen", flüsterte Helga, dann drehte sie sich um und ging wenige Meter. Axton schloss seine Augen, atmete tief durch und strich sich die Stirn breit. Dann ging er Helga nach, griff sie von hinten, drückte ihren Mund und Nase mit dem Ellenbogen zu, zog sein scharfes Bowiemesser und rammte es zwischen Oberschenkel und Knie seiner Mitstreiterin. Er zog sie zu Boden und flüsterte ihr zu, während sie die Luft in ihrem Kopf gegen seinen Arm presste, doch nichts konnte herausflüchten und nichts hinein.

„Tanner hier geht auf dich! Und weißt du was? Die Bohnenstange hat Recht. Was wir wollen, geht nur gemeinsam. Ich habe dir VIER Chancen gegeben, dich als meine Kumpanin zu beweisen und JEDES VERDAMMTE MAL hast du irgendeine Scheiße gebaut. Kooperation kann klappen, auch mit den Jugendlichen, aber NUR unter der Bedingung, dass DU kein Teil davon bist!" Er presste weiter, während sie um sich schlug, versuchte, den starken Arm von sich zu drücken. Letztendlich gab ihr Körper auf und sie sackte der unterbrochen Luftzuvor zur Folge ohnmächtig zusammen. Er ließ sie fallen, dann winkte er Asfat und Roberto voran. Tanner war bereits verstorben und die Toten nagten an seinem Fleisch.

Wieder folgten die Schulabsolventen ihm. Er lief voraus, Roberto und Asfat ein Stück abseits.

„Siehst'e? Dazu ist der Bastard fähig! Killt seine eigenen Freunde! Wir sollten den auch einfach abstechen, wenn's passt", fauchte Roberto seinem früheren Mitschüler von der Seite entgegen.

„Nein, Robbie. Wir finden einen Mittelweg", entgegnete dieser hoffnungsvoll, wenn auch bedrückt durch die Szene, die sich kurz vorher vor ihren Augen abgespielt hatte. Dann schluckte er und verlor eine Träne, als er realisierte, dass er wieder einen oder zwei Menschen hatte sterben sehen. Es war zu viel für ihn. Das ganze Töten, das ganze Sterben, die ganze Änderung – doch er wollte stark bleiben. Er musste stark bleiben. Nur so würde er seine Freunde wiedersehen.

Axton wirkte vor dem gigantischen Hallentor kaum noch so groß wie zuvor. Er blickte zu Asfat und Roberto, warf ihnen ein besorgtes Gesicht zu, denn er hörte nichts.

„Sie sollten hier sein. Genau hier. Und nicht mal versteckt."

„Was meinst du?", fragte Asfat.

„Die Halle ist ihr Stützpunkt, aber … eigentlich haben sie den ganzen Hafen für sich beansprucht."

„Beansprucht? Axton, bei aller Liebe und allem Verständnis für deine Geheimniskrämerei … jetzt gerade sind hier nur noch du und ich und Roberto – findest du nicht, es wäre Zeit, uns aufzuklären?" Axton rüttelte an der Hallentür, doch sie klemmte. Dann schritt er im Kreis, strich sich mehrfach durch seine kurzen Haaren. Jedes Mal, wenn er seine Arme zu seinem Kopf hob, wurden seine tribalartigen, einfarbigen Oberarmtätowierungen sichtbarer. Sie schlossen sonst direkt mit seinem Hemd ab und waren fast unsichtbar bis auf das eine, das an seiner linken Halshälfte bis fast zum Kiefer ragte. Die Bedeutung dahinter konnte sich noch keiner ausmalen.

„Schwarzmarkt. Hier gibt's eigentlich einen geheimen Waffenhandel. Modifizierte Waffen, du weißt schon, vollautomatische Kalaschnikows, angepasste 9mm, Großkalibergewehre und so weiter. Kein Ort zum Unterkommen, kein Ort für Nahrung, aber … der Grundbaustein für Sicherheit, du verstehst?", führte er aus. Roberto wandte sich trotzig ab und wollte wieder nichts damit zu tun haben, wie schon zuvor, als die Schulabsolventengruppe einen Waffenladen plünderte. Er spürte eine starke Abneigung gegenüber Schusswaffen und doch machte er zuvor Vorschläge, Menschen mit einem Messer zu morden. Asfat hingegen zeigte sich positiv überrascht über Axtons endlich eingetretene Offenheit und nickte ihm zustimmend zu, auch wenn es ihm flau im Magen hing.

„Die schulden mir einiges. Einiges! Deswegen hatte ich hergehen wollen. Hätte uns ʼn ganzes Arsenal zusammenstellen können, ganz ohne Gegenleistung."

„Wie das?"

„Hat wahrscheinlich für die gekillt oder so! Hast doch gesehen, wie einfach ihm das fällt!", schimpfte Roberto, der wie immer nur zum Meckern seinen Mund öffnete.

„Roberto, reiß dich zusammen!"

„Nein", intervenierte Axton, „er hat Recht – leider. Ich saß im Knast. Helga war in der Zelle neben mir. Sind zusammen ausgebrochen, als der Mist losging." Dann schaute er Asfat sicher in die Augen.

„Ja, ich habe für diese Leute getötet. Nicht freiwillig, definitiv nicht. Aber ich hatte nicht wirklich eine Wahl. Ironischerweise … saß ich nicht mal deswegen. Mein letzter Mord – der war meine eigene Wahl."

„Wie—" Asfat wollte das Gespräch ausweiten. Er wollte ihn verstehen, ihn nicht einfach verurteilen. Er wollte seine

Perspektive sehen, vielleicht sogar nachvollziehen können, doch dann klopfte es von innen aus der Halle.

„Also doch da!", rief Axton und begab sich erneut zu dem großen Tor.

„Helft mal mit!", wies er die anderen an, als er wieder begann, an dem klemmenden Eingang zu seinem angeblichen Schwarzmarkt zu zerren.

„Na los doch … du scheiß … TOR!" Es öffnete sich einen Spalt doch der Grund des Klopfens überwältigte die drei, genau wie es später bei Juliens Gruppe der Fall werden würde. Einer nach dem Anderen strömten Untote aus der Lagerhalle und auf den Vorplatz näher an Axton, Asfat und Roberto heran.

„Aah, wie abgefuckt!", grummelte Axton, begreifend, sein Plan würde zunichte gehen. Dann hob er seine Deagle, erschoss vielleicht zwei oder drei der Wesen. Der Sichtkontakt zwischen ihm, Asfat und Roberto wurde unterbrochen. Die Letzteren zogen nun auch ihre Waffen und begannen zu feuern. Asfat zielte eher auf die Beine der ihm sich nähernden Verfaulten, als er begann, panisch zu werden.

„Verteilt euch! Wir finden später wieder zusammen!" Es war das Letzte, das er von Axton hörte. Von Roberto nahm er nur noch Schüsse wahr. Dann kehrte Asfat der Masse den Rücken zu und rannte in Richtung einer Straße, in der die Luft rein schien. Er war nun auf sich allein gestellt. Asfat sprintete einige hundert Meter, bis er ein Baumhaus auf einem umzäunten Grundstück erspähte. Er drehte sich um, konnte nur noch wenige Verfolger wahrnehmen.

„Okay, zur Sicherheit. Alle abschütteln, dann zurück zu den anderen", dachte er und zwängte sich durch einen kleinen Spalt in dem menschhohen Lattenzaun, dann erklomm er die morsche Leiter und wiegte sich sogleich in trügerischer Sicherheit hoch oben, weit über den Monstern. Zwei von ihnen folgten ihm, drückten eine Latte des Zauns heraus und stolperten wiederholt gegen die Baumhausleiter, an der sie noch für einige Zeit verweilten.

Die Nacht brach herein und noch immer war er allein. Ein Streichholz nach dem anderen zündete er an, um das einzige Buch zu lesen, das er in dem Baumhaus finden konnte. Miltons *Paradise Lost* traf genau seinen Geschmack, doch ohne die Streichhölzer, die er ebenso dort oben gefunden hatte, konnte er kaum ein Wort lesen. Langsam gingen sie ihm aus. Die Toten, die seine Leiter bewachten, hatten sich in der Anzahl verdoppelt und wollten offenbar die Nacht mit ihm verbringen. Es gab kein Entkommen für Asfat. Mit dem letzten Streichhölzchen ließ er noch einmal seinen Blick durch den Raum gleiten. Eine nicht anschaltbare Lichterkette zog sich durch das gesamte Baumhaus von hinten nach vorn und oben nach unten und links nach rechts. Einige Decken und Brettspiele lagen im Raum und auf den angebohrten Brettern an den Wänden herum, darauf und darunter Murmeln, Karten und etliche Dokumente. Auch Fotos bestückten die Ansicht. Unzählbare Polaroids waren an der Wand befestigt worden, doch Asfat gab sein Bestes, sie nicht zu betrachten. Er hatte Angst davor, in den Erinnerungen fremder Menschen zu graben, denn er war dort, in ihrem Baumhaus und nicht ebenjene Menschen selbst. Dann erweckte ein Fach unter dem eingebauten Couchbett seine Aufmerksamkeit, in welchem irgendetwas in dem schwachen Halbmondlicht und im fast erloschenen Feuer schimmerte. Asfat lehnte sich nach vorn und legte das Buch zur Seite, als sein letztes Streichholz starb. Er griff in das dunkle Fach und erlangte eine rundliche Flasche.

„So eine Scheiße", dachte er, als er *Medinet* darauf las. Asfat war durstig. Er hatte kein Wasser bei sich und der Ausgang war versperrt, doch es war Stunden her, seit er zuletzt etwas getrunken hatte und der Tag war ein heißer Frühsommertag. Doch was fand er? Eine versiegelte Flasche halbtrockenen Roséwein. Nicht nur hatten seine streng gläubigen Eltern ihm beigebracht, keinen Alkohol zu trinken – woran er sich jedoch gelegentlich nicht hielt – er musste nun seinen Durst mit Wein stillen.

Nach nur einem Schluck, der seine Mimik in die Unendlichkeit verzerrte und sein Gesicht wirken ließ, als gehöre es einem Blobfisch, entschied er sich um. Er war noch nie Weintrinker.

„Das kann's ja wohl nicht sein!", sagte er sich selbst, stellte die Flasche ab und legte sich auf das Couchbett.

„Morgen finde ich Wasser und dann die Anderen", flüsterte er, setzte sich ein paar Kopfhörer auf, die er ebenso in dem Baumhaus gefunden hatte und setzte darauf, am nächsten Tag neue Ideen und Kräfte zu haben – was sich jedoch nur halb bewahrheiten würde.

Asfat wachte schweißgebadet auf. Die Mittagssonne heizte den Holzkasten auf und er fühlte sich zurückerinnert an seinen früheren Schulbus, dessen Fahrerin sich tagtäglich weigerte, die Fensterverriegelung aufzuheben – da kam ihm ein Gedanke:

„Fenster!", rief er. Er stieß das Baumhausfenster auf, griff nach der Weinflasche und pfefferte sie einige zwanzig Meter weiter auf die geteerte hafennahe Straße. Sein Plan funktionierte, denn die Leiterwächter waren urplötzlich viel interessierter an dem Geklirre und langsam aber sicher stieg Asfat zurück auf Bodenebene. Das Buch ließ er dabei zurück.

„Was ist dann passiert?", hakte ich nach, als er seine Erzählung pausierte.

„Hab mir an dem Gartenzaun die Hand aufgeschnitten und bin dann irgendwann dehydriert und umgekippt. Danach bin ich hier wieder aufgewacht. Die meinten, sie hätten Schüsse wahrgenommen und gesucht und dann lag ich da."

„Roberto? Axton?" Asfat schüttelte den Kopf und zuckte mit den Schultern.

„Wo sind die Anderen?", fragte er mich.

„Oben bei der Chefärztin. Sie beantworten ein paar Fragen, stellen sich vor und sowas. Komme auch gerade von dort."

„Sie ist nett, oder? O'Shea?"

„Hast du dich etwa verliebt, Asfat?" Wir beide lachten. Für einen Augenblick vergaßen wir die Welt um uns herum und waren wieder einfach nur wir zwei – Schulfreunde, die smalltalkten und lachten.

„Asfat, Kumpel, ich bin froh, dass du hier bist." Damit beendete ich das Gespräch. Wir verabschiedeten uns und ich versprach, ihn am nächsten Morgen gemeinsam mit unseren Freunden in seinem Zimmer zu besuchen.

„Dann gibt's eine große Wiedervereinigungsparty!", witzelte er noch. Doch für den Moment war Ruhe notwendig – für ihn, für mich, für uns alle. Ich begab mich zurück zu den Treppen und stieg die 36 Stufen hinunter, die ich zuvor vergessen hatte. Dann betrat ich unseren Raum, in dem meine Freunde bereits auf mich warteten.

„Wo warst du so lange?!“, keifte Kian. Ich konnte nicht entziffern, ob es Misstrauen, Wut oder vielleicht doch Besorgnis war, die ihn zu dieser Reaktion brachte.

„Hab mich nur noch etwas umgesehen … Wie war euer Interview?“ Ihre Gesichter wirkten gemischtfühlig.

„Sie ist autoritär“, stellte Kian fest.

„Ihre Art – ich vertraue ihr nicht. Sie weiß, wo sie steht und sie weiß, wie sie ihre Macht benutzen kann. Ist nur eine Frage der Zeit, bis sie es an uns ausnutzt!“ Ich schaute an ihm vorbei und fragte in den Rest der Gruppe:

„Was denkt ihr über sie? Ich fand sie eigentlich ganz nett.“

„Ich auch!“, rief Lenna zu mir.

„Ich eigentlich auch soweit…“, stammelte Ricard, der sofort von seinem Partner einen wütenden Blick zugeworfen bekam. Dann drehte ich mich wieder zu Kian neben mir.

„Ja, ich weiß, du vertraust dem Ganzen hier nicht und du möchtest, dass wir nicht lange bleiben. Aber schauen wir uns das Ganze doch erstmal ein paar Tage an und—“

„Kommt nicht in Frage.“ Er wandte sich von mir ab und lief in Richtung seines Bettes.

„Kian…“, rief Lenna ihm nach. Er reagierte nicht.

„Kian!“, wiederholte sie, diesmal wesentlich lauter. Er blieb stehen, drehte sich jedoch nicht zu ihr um.

„Bitte reiß dich zusammen“, sprach sie ihm verzweifelt zu. Er schüttelte seinen Kopf, kehrte dem Bett seinen Rücken zu und schaute Lenna bedrohlich an. Dann hob er seinen Arm, zeigte aggressiv mit dem Zeigefinger auf sie und stapfte mit jedem Wort einen Schritt näher zu ihr.

„Das ausgerechnet aus DEINEM Mund?!“, fuhr er sie an.

„DU, die gerade glücklich mit ihrer Familie vereint wurde?! DU willst mir etwas darüber erzählen, ruhig zu bleiben, mich zusammen zu reißen, während ICH nur MEINE Familie wiedersehen möchte?! Meine und die Familie von meinem Freund?! Das, während ich seit TAGEN verzweifelt versuche, eure HILFE dabei zu bekommen, während ALLE so tun, als wäre es nebensächlich, unwichtig, nicht realistisch – aber wenn DU in Frage stehst, wenn es um DEINE Familie geht, dann bist DU Top-Priorität, ja?!" Kian schaute sich umfänglich in der Gruppe um, in dessen Mitte er im Fokus von jedem und jeder stand.

„Das lässt mich echt über euch alle nachdenken. Wirklich. Und jetzt gute Nacht!", beendete er und schmiss sich vollbekleidet auf sein Bett.

KAPITEL 29

„**Bitte,** tritt ruhig sein", bat mich die Ärztin, nachdem sie meinen Namen aufgerufen hatte.

„Und keine Angst, es ist nur ein kleiner Check-Up! Also, setzen bitte." Die Frau strich sich ihre naturtiefschwarzen Haare aus dem Gesicht und setzte sich auf einen Sattelhocker.

„Ich bin Dr. Flores. Sie sind also Mr. Crow?"

„Julien."

„Alles klar, Julien. Dann noch eine Frage vorweg: Hast du irgendein Problem damit, wie ich aussehe?" Ich schüttelte den Kopf.

„Gut. Es gab da leider ganz andere Fälle in der Vergangenheit, als Leute wieder herausgestürmt sind und gerufen haben ‚Ich lasse mich doch nicht von einer Schwarzen anfassen!' oder dergleichen – naja, tja, ihr eigenes Pech. Also" – sie holte tief Luft und wischte mit einem Tuch etwas Schweiß von ihrem kleinen Doppelkinn – „schauen wir uns dich doch mal an." Dr. Flores untersuchte mich zunächst auf oberflächige Spuren, suchte mich nach Bissen, Kratzern oder sonstigen Wunden ab, ohne fündig zu werden. Dann tastete sie einige Körperstellen genauer ab, untersuchte meine Lymphknoten, Mandeln, Muskeln, Gelenke und letztlich auch den Herzschlag und Luftstrom.

„Na das scheint doch alles erstmal ganz fit zu sein! Vielleicht könnten deine Zähne mal wieder etwas Aufmerksamkeit brauchen, aber dafür gebe ich dir mal eine elektrische Zahnbürste mit, dann hat sich der Schmutz der letzten Tage auch gegessen – also, nicht gegessen, bitte ausspucken! Wie auch immer, ähm, wie sieht's denn aus mit …" Sie rollte mit ihrem Hocker einen Meter zurück und kramte in einer Schublade nach einem kleinen Heftchen, welches sie wild durchblätterte.

„Hast du aktuell viel Sex? Oder überhaupt schon gehabt?" Das war unangenehm. Und direkt.

„Ich, ähm …", stammelte ich vor mir her.

„Ja. Also, gehabt ja, aber ähm, aktuell nicht so."

„Okay, okay, ist ja nicht schlimm! Kommt ja bestimmt wieder, also, was würden Sie – entschuldige – was würdest *du* denn von einer Gebärmutterhalskrebsimpfung halten?"

„Eine was?" Ich wusste, was eine Gebärmutterhalskrebsimpfung war, doch war etwas verwundert über die Frage. Sowohl, weil ich bei allen aktuell relevanten Themen nicht *damit* gerechnet hatte, als auch, weil ich mich fragte: „Hat sie sich verguckt? Oder *etwas* beim Abtasten nicht gespürt?" Ich guckte sie verwirrt hat.

„HPV-Impfung. Humane Papillomviren, die bei einer Infektion zu Gebärmutterhalskrebs bei der Frau führen können. Ach! Ich verstehe die Verwirrung. Natürlich haben Sie – entschuldige – hast du keine Gebärmutter, aber das heißt nicht, dass du nicht Träger und Überträger sein kannst!"

„Wirklich?", dachte ich.

„Und Vorsicht und vor allem Rücksicht auf andere Personen sollte immer an erster Stelle stehen. Deswegen, sollten Sie sich – entschuldige – solltest DU dich impfen lassen – ich bekomme das mit dem Du noch hin – dann hieße das weniger Risiko für eventuelle spätere Partnerinnen und naja, heute weiß man ja gar nicht, ob man sich bald überhaupt noch impfen lassen kann!" Noch einige Sekunden dachte ich über das Angebot nach, bis ich mich letztlich entschied, es anzunehmen. Es könnte die letzte

Gelegenheit in meinem Leben sein, überhaupt eine Impfung zu erhalten und hier wäre es sogar für das Wohl meiner Mitmenschen.

„Okay, klar, her damit", sagte ich.

„Sehr gut! Dann … stillhalten!"

Meine Freunde und Lenna ließen sich anschließend ebenso untersuchen. Auch letztere bekam ihre erste HPV-Impfung. Kian und Ricard lehnten diese aufgrund ihrer sexuellen Aktivitäten ab, erhielten stattdessen jedoch Hepatitis-Impfungen. Reid hingegen nahm sie ebenso an und wurde zudem noch länger an Rücken und Bein untersucht. Die Wunden, die er durch das Wildschwein auf Green Mountain erhalten hatte, waren noch weit entfernt davon, vollständig verheilt zu sein und ebenso fern war er der Fähigkeit, wieder laufen zu können. Ich wartete im Flur darauf, dass er den Behandlungsraum verlassen würde.

„Du bist noch hier?", fragte er, als Dr. Flores und der neu dazugestoßene Dr. Woods – Experte für Unfallchirurgie – ihn zurück in den Flur schoben. Er bedankte sich noch kurz bei ihnen und rollte dann auf mich zu.

„Was hat dich aufgehalten?", hakte er nach.

„Ich weiß nicht. Hab kaum was von dir mitbekommen, seit wir hier sind." Noch immer kannte ich Reid kaum. Ich war mir sicher, dass er eine gute Seele hatte und konnte ihm vertrauen, doch von seinem früheren Job abgesehen wusste ich nur wenig über ihn.

„Haha, ist ja auch schwierig, wenn ihr auf verschiedenen Ebenen unterwegs sein und euch umschaut, während ich an den verdammten Rollstuhl gebunden bin!"

„Stimmt, sorry. Aber du kennst das Krankenhaus ja." Er nickte.

„Hat dich Jayde schon besucht?" Ich erinnerte mich, dass Dr. O'Shea persönlich mit ihm sprechen wollte.

„Yep. Sie war vorhin hier, als ihr schon unterwegs zum Check-Up wart."

„Und?"

„Hat mich gefreut. Und sie auch. Wir kannten uns ja schon irgendwie, schließlich hab ich fast drei Jahre unter ihrer Nase gearbeitet. Aber nicht so schön war … die Nachricht über Tanner. Die beiden hatten irgendwie immer einen stärkeren Draht zueinander. Nicht romantisch oder so, aber einfach sehr gut."

„Tut mir leid."

„Alles okay, Mann." Er schaute zu Boden und musterte sein nachwievor eingegipstes Bein.

„Was mich nur ärgert, ist wie du ihn kennengelernt hast. Weißt du, Tanner ist … war der freundlichste Mensch, den ich je getroffen habe. Er war absolut selbstlos und weißt du, wenn du einen beschissenen Abend hattest und Gesellschaft brauchtest oder einfach ein Ohr zum Abkauen, war er der Erste, der mit 'nem Gin vor deiner Tür stand." Reid griff nach einem To-Go-Becher, der an einen seitlichen Getränkehalter des Rollstuhls geklemmt war. Er sippte an seinem Kaffee.

„Und du … du hast ihn kennengelernt als Mitläufer von einer unpassend zusammengewürfelten Gruppe Überlebender, in der er keine Chance hatte, er selbst zu sein. Ich meine, hast du ihn überhaupt auch nur *ein* Wort sagen hören? Wenn ich dich nicht immer wieder erinnern würde, wer er war, wüsstest du überhaupt noch, dass da noch ein Vierter in Axtons Gruppe war? Neben

Axton selbst, mir und der Arschloch-Helga?" Ich schüttelte den Kopf. Das Einzige, woran ich mich erinnerte, war, dass er dieselbe Pistole wie Lenna trug und ich erinnerte mich daran, was Asfat in seinem Erinnerungsbericht über ihn schilderte und wie er starb und wie er aussah, als wir ihn vorfanden, so völlig zerfressen. Ich erinnerte mich nicht an sein Gesicht, an seine Stimme oder irgendetwas, das ihn ausmachte.

„Nicht, dass ich dir dafür judgen würde. Du kannst dafür ja wirklich gar nichts. Und mir geht's ja ähnlich mit deinen Freunden, die du an dem Tag verloren hast. Wie waren ihre Namen?"

„Asfat und Roberto", sagte ich. „Oh, richtig! Asfat ist hier — hier im GSIH! Soll ich euch vorstellen?" Reid schaute mich ungläubig an.

„Ernsthaft? Na das nenn ich Glück. Falls du das deinen Freunden noch nicht berichtet hast, solltest du das schleunigst tun. Ich roll erstmal wieder zurück in den Schlafsaal. Aaaaber ich freue mich darauf, ihn später kennen zu lernen!" Ich nickte ihm zu, dann lief ich sofort schnellen Schrittes zurück in den Schlafsaal in der Hoffnung, alle dort anzutreffen, um sie über Asfats Anwesenheit zu informieren. Zum Glück waren alle dort: Kian, Ricard, Lenna und auch ihre Mutter.

„Leute!" Sie schauten mich an.

„Ich hab gute Neuigkeiten."

„Ich glaub's nicht! Was geht ab, alte Kanone?", begrüßte ihn Kian, als wir sein Zimmer im Stockwerk darüber betraten.

„Yoooo, Diggiii!", ergänzte Lenna tiefsinnig.

„Hab dich vermisst, Asfat", schob Ricard als Letzter ein. Die vier umarmten sich und begannen, Erzählungen darüber auszutauschen, was sie in den letzten Tagen gesehen und gefühlt hatten. Lenna berichtete ganz typisch aufgedreht von der Wiedervereinigung mit ihrer Mutter. Ich stand etwas abseits, während Asfat ihnen dieselbe Geschichte erzählte, wie mir am Vortag. Melissa, die in den Türrahmen gelehnt stand, wandte sich mir zu.

„Es ist schön zu sehen, dass es so etwas doch noch geben kann."

„Ja", ich nickte, „es ist nicht mehr selbstverständlich, wenn wir uns die Welt da draußen anschauen."

„Aber darüber braucht ihr euch ja jetzt keine Gedanken mehr zu machen, wenn ihr hier seid." Ich schwieg kurz, nahm mir etwas Zeit, bevor ich antwortete.

„Der Große dort und sein Freund … sie suchen Familie." Melissa schluckte, nickte dann.

„Lenna hat mir schon davon erzählt. Schwierig. Sie haben ja jedes Recht dazu, aber es ist gefährlich. Und in deiner Haut möchte ich auch nicht stecken zwischen … Sicherheit beim Hierbleiben und Freundschaft beim Verlassen. Aber Lenna … sie wird hier bleiben. Ich lasse nicht zu, dass ihr etwas passiert. Ich habe sie schon zweimal verloren. Ein drittes Mal wird nicht kommen."

„Zweimal?"

„Ja. Einmal als ihr Vater und ich uns getrennt hatten und ein zweites Mal, als ich vor wenigen Tagen den Gedanken aufgeben musste, dass sie noch am Leben sei."

„Verstehe." Natürlich suchten Ricard und besonders Kian nach derselben Möglichkeit, ihre Familie zu vereinen, doch ich verstand, dass Melissa es nicht zulassen würde, sollten sie versuchen, ihre Tochter zur Hilfe zu überzeugen. Die Luft war seit

45

Tagen dick aufgrund dieses Themas, doch die tatsächliche Eskalation stand wahrscheinlich noch aus. Irgendwann musste es dazu kommen, dass sie loswollten und wir … uns entscheiden mussten zwischen ihnen und der Sicherheit.

„Was ist mit deiner Familie?" Ich schaute sie mit hochgezogenen Augenbrauen an.

„Schwierig. Meine Schwester lebt weit weg. In Südengland. Mein Bruder in unserer Heimat, aber er ist stark. Er wird noch am Leben sein, wenn ich ihn besuchen fahre."

„Deine Eltern?" Ich schüttelte den Kopf.

„Entschuldige…"

„Lange vorher. Sie sind in die falschen Bahnen geraten und haben die Rechnung dafür bezahlt. Meine Mutter war niemals eine schlechte Person, aber sie wurde da reingezogen, in … Dinge." Ich schaute zu Melissa und musterte ihr Gesicht.

„Du erinnerst mich an sie. Nur optisch. Hoffentlich bist du genauso tough, wie sie."

„Ich bin noch hier."

„Hm."

„Und solange Lenna das auch ist, wird sich daran nichts ändern. Solange ich für sie tough sein kann." Ich schaute ihr tief in die Augen und nickte ihr zustimmend entgegen.

„Gut." Ich denke, Melissa meinte wortwörtlich, was sie gesagt hatte und mehr darüber hinaus: Sie würde alles tun, um ihre Tochter kein weiteres Mal zu verlieren. *Alles.* Sie war stark. Vielleicht so stark, wie meine Mutter es war. Irgendwas sagte mir, dass sie und ich noch viel Zeit und Kraft miteinander teilen würden in der Zukunft – wer würde auch nicht jemanden um sich herum haben wollen, der oder die sich so sehr um seine Engsten sorgt?

„Julien!“, rief Asfat, mich zur Gruppe winkend.

„Lenna hat erzählt, die Leute hier haben ganz viele Brettspiele. Eigentlich für die Alten, aber … wir haben uns alle zu einem Spieleabend verabredet! Bist du dabei?“ Melissa lachte hinter mir und verließ dann den Raum. Auch ich lächelte und nickte.

„Klar!“

Q&A

Hallo, liebe Leserinnen und Leser! Ich habe mir gedacht, weil es letztes Mal so gut angekommen ist, dass ich doch immer mal ein paar Fragen von EUCH hier integrieren könnte! Also, wollen wir nicht lange drum herum reden und let's go:

Was ist denn mit dem neuen Erzählstil los?

Okay, also die erste Frage hier habe ich mir selbst ausgedacht. Das konntet ihr Lesenden ja noch gar nicht wissen. Ich wollte nur sichergehen, dass ihr alle das neue Vorwort gelesen habt! Falls nicht, holt das doch bitte noch eben nach, damit ihr die neuen Szenen, die nicht Julien direkt verfolgen, versteht zu lesen. Danke! Jetzt aber wirklich eure Fragen.

Ich habe Probleme mit den Aussprachen der Figuren! Was kann ich als Deutschsprachige:r tun?

Das tut mir leid! Aber ich verstehe natürlich, dass es schwierig ist, wenn die Namen nur geschrieben stehen. Grundsätzlich gilt die Regel: Die Figuren sind eigentlich englischsprachig, also werden die Namen auch englisch ausgesprochen. Das heißt, David ist nicht *Dahwitt* [ˈdaːvɪt], sondern *Deywid* [ˈdeɪvɪd]. Schau doch mal auf dem Jeff H. Malum YouTube-Kanal vorbei! Dort findest du Videos mit den Aussprachen aller Hauptfiguren in Backfire. Der Kanal ist auf jeffmalum.com verlinkt!

Deine Charaktere sind mir zu eindimensional. Findest du nicht, für eine gute Geschichte müssten sie definierter sein?

Jaein! Also erstmal: Ich verstehe die Kritik total und werde mich dieser zukünftig weiterhin annehmen. Dennoch versuche ich, insbesondere in Backfire realistische Figuren zu erstellen – die Welt ist generell eher „story-driven" als „character-driven". Ich bin der festen Überzeugung, dass grundsätzliche Ähnlichkeit der Figuren zu Beginn noch äußerst logisch ist, da alle aus demselben Umfeld kommen und aus einer ähnlichen Lebenssituation. Dennoch: Jeder wird beginnen, mit der neuen Welt unterschiedlich umzugehen. Schauen wir also, wie sich die Figuren *zukünftig* entwickeln, ja?

**Voices of Violence hat mir gefallen! Sind noch mehr
dieser eigenständigen Extra-Bände in Planung?**

Vielen Dank, das freut mich! Und ja, tatsächlich ist eine ganze
Anthologie in Arbeit. Das heißt, nach jeder Staffel von Backfire
wird ein eigenständiger Extra-Band erscheinen, der eine andere
Perspektive abseits der Haupthandlung zeigt. Die Welt ist doch
viel zu groß, um sie nur auf Julien & Co. zu beschränken, oder?
Und apropos Welt … vielleicht spielt der nächste Extra-Band
sogar gar nicht in Kingsland?

**Huch, es ist ja schon ein neuer Band erschienen!
Wo bekomme ich Updates am ehesten mit?**

Gut, dass du es trotzdem mitbekommen hast! Hoffentlich auch
bei diesem hier? Wenn du zukünftig nicht ganz weiter weißt, wo
du Neuigkeiten und Updates rund um mich und Backfire er-
hältst, empfehle ich dir meinen Blog auf jeffmalum.com. Dort
sind auch mein YouTube-Kanal, das Backfire-Wiki und mein
Instagram-Account verlinkt!

Kingsland ist also ein fiktiver Teil Großbritanniens, der eher an die USA angelehnt ist … was gibt es noch zu wissen?

Hinter Kingsland steckt natürlich noch wesentlich mehr, aber wenig davon eignet sich, in Backfire aktiv thematisiert zu werden. Dafür könnten aber spätere Bücher zuständig sein, die im selben Land spielen, aber mit Backfire nichts zu tun haben! Für einen groben politischen und geschichtlichen Hintergrund könnt ihr gerne mal vorbeischauen auf backfire-books.com/Kingsland

Vielen Dank für all eure Fragen! Falls ihr weitere Fragen habt, schreibt doch einfach eine Mail an folgende Adresse und ich werde sie euch entweder direkt beantworten oder im nächsten Q&A-Teil des Nachfolgebands einbauen.

Bis dahin: Frohes Lesen!

backfirebooks@gmail.com

KAPITEL 30

„**Also**", begann ich. „Ihr gebt wirklich allen jeden Tag gleich viel?" Das Büro der Chefin erstrahlte in völlig neuem Licht. Bei meinem letzten Besuch zum Begrüßungsgespräch vor einigen Tagen waren die Fenster zugezogen, die Deko beiseitegeräumt und nur zwei schwache Lampen leuchteten. Jetzt erfüllte die Vormittagssonne den gesamten Raum. Er wirkte viel freundlicher als zuvor, das sanfte Blautürkis der Westwand, die vollständig verglaste Ost- und Südwand, die Zimmerrebe an der Nordwand, die nahtlos in die Stadtdschungel-Malerei überging. Das Kristallglas auf O'Sheas Schreibtisch zerriss die Sonnenstrahlen in den gesamten Raum.

„In der Tat. Wir wollen, dass es allen jeden Tag gleich gut geht und jeder und jede bei voller Kraft ist", antwortete sie und ließ einen Schluck Whiskey in das Glas fließen. Sie zog ein weiteres aus einer Schublade und stellte es auf den Tisch.

„Du auch?"

„Oh, ähm, nein. Ich bin nicht…", stammelte ich.

„Wie alt bist du?"

„Neunzehn."

„Na siehst du. Alt genug. Trinkt man in dem Alter nicht ständig? Also als ich so alt war…"

„Danke, es … nein, danke. Wirklich." Sie musterte mich noch einen Augenblick, dann stellte sie das Glas zurück und trank allein.

„Noch können wir uns das leisten mit der Gleichverteilung", ergänzte die Chefin. Sie lief zur Fensterwand an der Ostseite, schloss die Augen und ließ die Sonne ihr Gesicht streicheln. Ich holte aus:

„Nehmen wir mal an, es bleibt noch eine Weile so. Vielleicht wirklich für immer. Wir leben hier, kriegen hier unsere Kinder und sterben hier irgendwann an Altersschwäche oder sowas." Dr. O'Shea wandte ihren Blick von der Sonne ab, zog eine Augenbraue verdächtig weit nach oben und blickte mich skeptisch an. „Angenommen das ist die Zukunft, Jayde … wie lange geht das dann gut hier? Für wie lange sind die Ressourcen so verfügbar, dass jeder und jede jeden Tag jedes Mal dieselbe Menge an Essen und Trinken bekommen kann?" Sie schaute wieder aus dem Fenster und trank einen Schluck Whiskey.

„Du erinnerst mich gerade an jemanden", stammelte sie. „Ich werde über deine Frage nachdenken, kann sie aber nicht jetzt beantworten. Stattdessen…" Jayde stellte das Glas auf einen nahen Aktenschrank, dann ging sie zu ihrem Schreibtisch und blätterte durch irgendwelche Dokumente. „Hier!" Sie reichte mir einen zusammengehofteten Bogen aus vier einseitig bedruckten Papieren.

„Was ist das?" Ich überflog die Seiten nur grob, erkannte Erklärungen anscheinend irgendwelcher Jobs und eine Tabelle mit unseren Namen auf der letzten Seite.

„Du und deine Freunde, lest euch das in Ruhe durch. Das sind Beschreibungen aller Positionen im GSIH, in denen ihr behilflich sein könntet – oder solltet. Beratet euch und tragt euch ein, wo ihr möchtet."

„Okay", sagte ich einwilligend. Wie gesagt, ich hatte den Bogen nur grob überflogen, doch mir stachen bereits einige Bezeichnungen ins Auge. Ich erkannte freie Posten im

Sicherheitsteam – vielleicht etwas für Kian? Ich erkannte eine Ausschreibung zur Alterspflege – vielleicht für Ricard oder Asfat? Viele weitere Möglichkeiten befanden sich in diesem überschaubaren Fetzen, wie etwa eine technische Assistenz, mehrere Chirurgiestellen, eine Position in der Veterinärmedizin, in der Küche, in der Fahrzeuginstandhaltung und so weiter. Ich wollte das alles später genauer betrachten, vielleicht mit den anderen zusammen.

„Keine Sorge, wir werden uns einbringen", versicherte ich Jayde. Sie nickte.

„Ich weiß."

„Darf ich dir eigentlich ein paar Fragen über dich stellen?"

„Über mich?" fragte sie verwundert.

„Du weißt schon so viel über uns, daher dachte ich…"

„Nur zu."

„Zum Beispiel, wie es sein kann –"

„O'Shea!!" Ein Mann stürmte in das Büro und unterbrach unsere Konversation. Er war völlig außer Atem und stützte sich auf seinen Knien auf, bevor er die Luft fand, sein Anliegen zu schildern."

„Der … wir …!" Er brachte keinen Satz zum Ende.

„Ganz mit der Ruhe, Gordon. Tief Luft holen, einen Schluck trinken, dann nochmal von vorn." Jayde griff nach einer Flasche Wasser unter ihrem Schreibtisch, bewegte sich zu dem Mann in Sicherheitsuniform, der offenbar Gordon hieß, und reichte ihm die Flasche. Er griff hastig danach, stürzte einen halbe Flut seinen Rachen hinunter, holte tief Luft und begann von vorn.

„Wir hatten Kontakt. Da war jemand aus Safezone B am Funk."

„Aus B?! Ich hatte B aufgegeben!“

„Eben! Wir alle! Wir versuchen, den Kontakt wieder herzustellen, aber auf der Frequenz kommt kein Signal mehr zurück.“

„Okay, wir sprechen gleich drüber, lass uns erstmal zurück zum Funkraum gehen – Julien?“ Jayde drehte sich zu mir und lehnte ihren Kopf in Richtung Tür. Wollte sie, dass ich gehe? Dann ergänzte sie: „Kommst du mit?“

72 Stufen und zwei ellenlange Korridore später hielten wir pustend in einem schlecht belüfteten Neunquadratmeterzimmer inne. Darin befand sich ein einzelner Blechtisch mit Apparaturen, die den halben Raum füllten. Allem Anschein nach handelte es sich dabei um die Funkanlage. Auf einem einzelnen Blechstuhl davor saß eine Frau mit schwarzem Bobschnitt und – ebenso wie Gordon – in Sicherheitsuniform. Daneben stand Melissa, die durch das kleine Fenster, das die einzige Quelle für Frischluft in diesem Raum war, eine Zigarette rauchte.

„Was habt ihr gehört?“ begann Jayde unzögerlich. Die Frau an der Anlage drehte an Rädchen, legte kleine Hebelchen um und drückte unsystematisch Knöpfe, als wäre sie verrückt.

„Wir haben hm-chrm-,“ Melissa wollte zu berichten beginnen, doch verschluckte sich am eigenen Qualm. Sie hustete, räusperte sich, fuhr dann fort: , „Wir haben ein Signal aus der Zone bei Port Embra erhalten.“

„Von Stephens?!“ warf Jayde aufgebracht ein. „Habt ihr mit Stephens gesprochen?!“

„Nein, kein Zeichen von Stephens. Am Funk war ein Mann, der sich als Vallejo ausgegeben hat. Noch nie von dem gehört.“

„Was hat er gesagt? Wie ist der Stand um B?" Ich stand nur daneben, während Jayde und Melissa sich über den Funk austauschten. Gordon, der uns zuvor aus dem Büro geholt und dann neben mir gestanden hatte, war indessen zu der Frau an der Apparatur gegangen und drückte mit ihr gemeinsam Knöpfe, legte Hebelchen um und drehte an Rädchen. Die Geräusche, die aus dem Gerät kamen wechselten zwischen Rauschen, Piepen, Stille und zwischendurch erschien es für Millisekunden, als würde auf irgendeiner Frequenz Musik spielen. Ich lehnte mich in den Türrahmen und lauschte weiter der Diskussion der beiden Doktorinnen.

„Was hat er gesagt, dieser Vallejo?" fuhr Jayde fort.

„Wir haben leider nicht viel Zeit gehabt zum Sprechen. Er meinte irgendwas darüber, dass es Konflikte mit dem Militär gab und sich ‚Sachen geändert haben' in der Zone, aber alles geregelt ablaufen würde." Melissa starrte besorgt durch das kleine Fenster, das kaum breit genug für ihren Zigarettenarm war.

„Was zur…"

„Ja, gute Frage, was zur Hölle. Das war aber alles, was er sagen konnte, bevor…"

„Bevor was?!" Melissa wartete einen Augenblick nach Jaydes aufgebrauster Nachfrage. Sie warf ihren Zigarettenstummel aus dem Fenster und machte einen Schritt zur Mitte des Raums.

„Ada?" fragte sie. Diese nickte und stellte – diesmal systematisch – eine bestimmte Frequenz ein. Ein Lied ertönte. Country-Musik. Ich erkannte die Stimme von Waning Crescent, einem der wenigen großen, noch lebenden – also auf jeden Fall vor einigen Tagen noch lebenden – Country-Artists Kingslands.

Das Lied erkannte ich nicht. Country war nie ganz meins, bis auf ein paar Songs von Johnny Cash vielleicht.

„*Marching to the Velvet Grave...*," sagte Jayde fast piepsend, leise, erschrocken.

"Du erkennst es?" fragte Melissa, aber rhetorisch betont, als wäre die Antwort eindeutig klar. Jayde schwieg. Sie starrte auf die Apparatur. Dann blinzelte sie dreimal, schüttelte den Kopf, kehrte mental zurück.

„Gordon. Ada. Macht euch bitte bereit für eine Patrouille … findet, wer auch immer verantwortlich ist für die Signalblockade. Das kann nicht weit weg von hier sein." Die beiden aus der Sicherheitseinheit nickten ihr zu und machten sich sofort aus dem Raum und auf den Weg. Jayde blieb wie angewurzelt stehen. Melissa übernahm die Kontrolle am Funkgerät. Ich wollte gerade nachhaken, endlich mal eine Frage stellen, als sich etwas änderte.

„Is-… We-… Bi-… Ich w-…." Eine Stimme! War der Kontakt zu der Sicherheitszone wieder aufrecht? Je mehr Melissa drückte, umlegte, drehte, desto klarer wurde die Durchsage.

„Ist irgendjemand da draußen? Irgendwer? Bitte meldet euch, wer auch immer. Ich wiederhole: Ist irgendjemand da draußen?"

„Hier Station 4-7. Höre Sie klar und deutlich. Ich wiederhole: Hier Station 4-7. Können Sie mich hören?" Ein kurzer Moment der Stille, dann eine Antwort.

„Ja! Hier! Wir hören euch! Hey, Leute!" Die Stimme drehte sich weg, rief in eine Richtung abseits des Mikrofons: „Hier ist jemand am Funk! Leute, kommt her, hier ist jemand!" Der Dialekt klang erstaunlich britisch. Dann drehte sich die Stimme wieder zu uns. Jayde und ich waren mittlerweile an Melissa herangeschritten.

„Wer… also mit wem sprechen wir? Seid ihr an einem sicheren Ort? Könnt ihr uns helfen?" Die Stimme klang verzweifelt.

„Eins nach dem anderen," antwortete Melissa, „erstmal müssen wir ein paar Formalien klären. Eure Namen zum Beispiel. Eure Position. Wer ihr seid, eben."

„Spielt das eine Rolle?!" Nun wurde die fremde Stimme aufbrausend. „Sorry, ich möchte nicht unhöflich sein, aber – wisst ihr – wir sind hier draußen und hier ist nichts – nichts! – nur diese Wesen, diese Viecher. Wir suchen einen Ort zum Ausharren, bis das durch ist. Wir wollen nur nicht gefressen werden." Eine weibliche Stimme aus dem Hintergrund des Funkspruchs sagte: „Frag die, wo sie sind." Die Hauptstimme reagierte: „Hab ich ja vor."

„Keine Sorge," versicherte Melissa, „wir möchten euch helfen. Wir befinden uns in einer gesicherten Zone."

„Wo genau?"

„Eins nach dem anderen, wie gesagt."

„Was wollt ihr wissen?"

„Eure Namen zum Beispiel. Fangen wir damit an. Ich heiße Melissa."

„Tom. Mein Name ist Tom. Neben mir si–" Die Stimme brach ab. „…-be-…-na…."

„Hallo? Hallo?! Tom? Können Sie mich hören?!"

„…-llo? Ja, i-…."

„Das Signal bricht ab. O'Shea, was–" Jayde sprang nach vorn und riss das Mikrofon zu sich.

„GSIH. Wir sind im Georgestone Instant-Help Krankenhaus. In Sicherheit. Kommt mit einem roten Pick-Up vor die Tore

gefahren, dann wissen wir, dass ihr es seid. Wir lassen euch rein!"
Es folgte keine Antwort mehr.

„Ein roter Pick-Up?", fragte ich.

„Keine Ahnung, ich brauchte irgendwas. Sie werden sowas schon irgendwo auftreiben können." Jayde und Melissa versuchten weiterhin, Kontakt aufzubauen – egal zu wem. Ich wollte ihnen etwas Luft machen, verabschiedete mich und ging zurück in Richtung unseres Zimmers. Den Weg dorthin nutzte ich zum Nachdenken.

Die Sicherheitszone B existierte also noch. Genau, wie die Zone C. Wie viele es lebendig dorthin geschafft hatten? Unklar. Vielleicht eine Handvoll? Vielleicht Hunderte? Tausend? Auf jeden Fall gab es noch Menschen da draußen – Menschen, die in Sicherheiten waren, so wie wir. Aber es gab auch die anderen – die, die umherirrten und nach einem Unterschlupf suchten oder irgendwo einen halbwegs sicheren Ort hatten. Einen, der vorerst halten würde, aber dann doch nicht ewig – wie etwa das Casa Padronale mit Filippos Gruppe auf Green Mountain. Und die, die noch herumirrten? So wie wir bis noch vor wenigen Tagen? Was war mit denen? Hätten die eine Chance? Die Menschen in dem Funkspruch hatten Glück, dass sie uns erreichen konnten. Sie wussten jetzt, wo es sicher sein würde … zumindest, wenn Jaydes Nachricht noch durchkam am Ende. Aber nicht alle würden sich so glücklich schätzen können, richtig? „Was ist mit all den verlorenen Seelen da draußen? Und damit meine ich nicht einmal die laufenden Leichen," fragte ich mich.

Ich stellte mir einen Mann vor. Einen mittelalten Mann. Vielleicht Mitte vierzig. Er war allein, denn sein Neffe, mit dem er zuvor gereist ist, war bereits verstorben. Er starb an einer fiesen

Lungenentzündung, denn es gab keine Behandlung mehr, keinen Notruf. Der Mann streunerte umher über Wiesen und Wälder und baute sich kleine Baumhäuser, in denen er übernachtete. Dann ging ihm das Wasser aus. Das Essen sowieso – er ernährte sich bereits seit Tagen von Maden und Abfällen. Doch das Wasser war das viel größere Problem. Die Flüsse in der Region waren nicht sauber genug. Er würde genauso an einer Krankheit versterben wie sein Neffe, würde er daraus trinken. Irgendwann erreichte er eine Kleinstadt – eher ein großes Dorf – und entdeckte den einzigen Supermarkt des Ortes. Leider war bereits alles geplündert. Es gab noch Notizblöcke, Zeitschriften, Gartendeko und sogar Kartoffelchips. Doch wären die Kartoffelchips eine schlechte Idee gewesen, um seinen Magen zu füllen – zu salzig. Er würde nur noch mehr austrocknen. Er nahm sie dennoch zu sich – zu hungrig – verbrachte die Nacht in dem Markt, verdurstete und streunerte weiter umher. Nun bräuchte er jedoch kein Wasser mehr.

Vielleicht gab es diesen Mann irgendwo. Vielleicht hatte ich diesen Mann auch erschlagen, als wir auf dem Weg zum GSIH waren. Vielleicht existierte er auch gar nicht, oder noch nicht, oder vielleicht würde ich dieser Mann in dreißig Jahren sein.

Ich erreichte unseren Schlafsaal. Nur Kian war dort. Er hatte all seine Sachen in einem Rucksack verstaut.

„Hast meine Rede verpasst," begann er. „Ricard und ich bleiben noch zwei Nächte. Wir hauen übermorgen ab."

Am Morgen desselben Tages.

„Jeder Tag länger heißt geringere Chancen, unsere Eltern lebendig zu finden. Wir müssen los, am besten sofort." Kian und Ricard saßen ineinander verschlungen auf der Fensterbank eines leeren Einzelzimmers. Sie hatten sich dort allein eingeschlossen, um ungestörten Sex zu haben. Die leichte Sommerbrise strich zart über die verschwitzten, nackten Körper.

„Aber wie sollen wir das angehen?" fragte Ricard. „Wir können unsere Freunde ja nicht einfach hier zurücklassen. Denkst du, sie werden doch mitkommen?"

„Keine Ahnung. Ich hoff's. Aber ist mir am Ende auch egal, Mann, ich will unsere Familien finden…"

„Natürlich, Großer, ich doch auch!" Ricard lief eine Träne über die Wange. Kian hielt sie mit aller Kraft zurück – ihm nach durfte er diese Schwäche nicht zeigen. Nicht einmal vor seinem Freund.

„Wir gehen. Ob sie mitkommen oder nicht," beendete Kian entschlossen. Zumindest wirkte er entschlossen. Ganz sicher war er auch nicht, schließlich waren Julien und Asfat unter besagten „anderen" – zwei seiner besten Freunde und zwei seiner wenigen, definitiv überhaupt noch lebenden Freunde und Freundinnen. Für Ricard war es Lenna. Es würde ihm das Herz brechen, sie zurückzulassen – aber Lenna hat hier ihre Mutter und das GSIH war auf diese angewiesen.

„Aber kommen wir zurück?" fragte Ricard.

„Ich weiß es nicht."

„Wenn sie nicht mitkommen, dann müssen wir doch—"

„Ich weiß es nicht! Verdammt, ich weiß es doch auch nicht … ich weiß ja nicht mal, ob wir es nach North Penseria schaffen und ob wir da jemanden finden und… und–"

„Das werden wir bestimmt, Kian. Wenn wir's gemeinsam machen. Wir haben zusammen immer alles gepackt. Und wir leben noch. Aber bitte versprich mir was…"

„Was?" Kian drehte sich aus der Umarmung und setzte sich im Schneidersitz seinem Partner gegenüber. Dieser setzte fort:

„Dass wir zurückkommen. Und dass wir nicht direkt fahren. Sagen wir morgen. Oder besser übermorgen. Ich hab' der alten Mrs. Webber versprochen, noch Zeit mit ihr zu verbringen. Und wir müssen ein Auto klar machen, sonst wird das sowieso nichts. Sagen wir übermorgen. Und du versprichst mir, dass wir zurückkommen, wenn die anderen nicht mitfahren." Kian schwieg einige Sekunden. Er war es gewohnt, die Entscheidungen zu treffen und die Hosen in der Beziehung anzuhaben. Jetzt gerade waren sie nackt, also hatte eigentlich gar niemand die Hosen an, aber Ricard hatte sie viel mehr an denn je.

„Versprochen," willigte Kian ein.

KAPITEL 31

Am nächsten Tag waren wir zum ersten Mal, seit wir das GSIH betreten hatten, außerhalb der sicheren Mauern. Ich hatte mich auf der Jobliste für das Sicherheitspersonal eingetragen. Jetzt sollte ich gemeinsam mit einem Mann aus dem Sicherheitsteam, Locke, eine Patrouille schieben. Wir sollten Ausschau halten, denn Gordon und Ada waren noch nicht zurückgekehrt. Auch Kian war bei uns. Als er sah, dass ich nach draußen gehen würde, bestand er darauf, uns zu begleiten.

Wir standen zwischen den Toren des GSIH – vor den Türen des Gebäudes, aber noch hinter dem Drahttor des Militärstützpunktes davor. Wir hatten diese bläulichen Anzüge übergeworfen bekommen mit Camouflage-Muster, Holster und Schutzweste. Das Holster lehnte meine Balance zur Seite, die Weste zerrte meinen Oberkörper nach vorn und nach unten. Ich war definitiv nicht für solch eine Uniform gemacht, anders als Kian und Locke vielleicht, und wie der Soldat, der das Tor ebenso bewachte wie an dem Tag, an dem wir hier angekommen waren.

„Hey, Randy!" rief Locke ihm zu, als wir uns dem Tor näherten. „Wir brauchen die Waffenkiste. Patrouille steht an." Der Soldat in Vollmontur schloss einen verriegelten Container hinter sich auf und zog zwei Kisten auf Rollen hinaus.

„Ich wiederhole mich ungern, aber–" begann der Soldat, doch wurde unterbrochen.

„Ist schon klar."

„Offensichtlich nicht." Jetzt klang er fast etwas bedrohlich. „Ich wiederhole mich nur ungern, aber ich möchte nochmal betonen, dass wir den Sicherheitsstützpunkt, die Bewachung, die Zäune nicht ohne Grund haben. Ihr solltet hier drinnen bleiben, solange es noch möglich ist."

„Ist schon klar, Randy. Aber wir sind auf Mission der Bossin."

„Offensichtlich ist es Dr. O'Shea nicht klar genug. Richtet's ihr aus, wenn ihr zurück seid. Da draußen garantiert niemand für eure Sicherheit, anders als hier. Dafür sind wir ja da." Die beiden lieferten sich noch einige Sekunden ein Duell, wer dem jeweils anderen am längsten in die Augen starren konnte, dann fragte der Soldat:

„Dienstnummer?"

„4-7-A-082."

„Lock*e*?" Die Wache betonte den Namen, als handle es sich dabei um einen Teil einer menschlichen Frisur.

„Locke, ja. Wie die Dampflok, nicht das Löckchen, danke."

„Gut." Randy griff nach einer GHM9 und löste ein Etikett davon ab, dann reichte er sie unserem Begleiter. Als nächstes schob er die Kiste zu Kian und mir und deutete auf das linke der beiden Fächer, in welchem sich ausschließlich Handfeuerwaffen befanden.

„Sucht euch eine Pistole aus plus ein Ersatzmagazin. Oder habt ihr auch eine Dienstnummer?" Ich schüttelte den Kopf, dann griff ich nach der Beretta, die mir bereits während der ersten Tage Begleitung schenkte. Die des verstorbenen Polizisten "TR". Kian schritt heran und kramte in dem Fach, bis er seine Pistole 08 ausmache konnte. Wir verstauten die Pistolen in den Holstern der neuen Uniform.

„Hey, Blondie." Der Soldat, der gerade dabei war, noch eine weitere Kiste auf Rädern aus dem Container zu uns zu schieben, rief nach Kian. „Wenn ihr dort draußen seid, sollte euch bewusst sein, dass Sicherheit an erster Stelle steht. Sicherheit und Verlässlichkeit. Das gilt genauso für eure Waffen."

„Ich komme klar, danke."

„Ich meine deine Pistole. In der Kiste hier sind viele verlässliche, moderne Waffen und…"

„Ich komme klar."

„…es ist auch gar nicht böse gemeint, aber die da" – er zeigte auf die Pistole in Kians Händen – „sieht einfach etwas alt und angerostet aus. Du möchtest nicht, dass sie dir klemmt, wenn du ein in eine problematische Situation gerätst."

„Danke, wie gesagt, aber ich komme klar." Wir verließen den Vorhof und nahmen auf dem Weg noch eine Nahkampfwaffe aus der dritten Kiste: Ein Beil für mich, eine Feuerwehraxt für Kian und eine Machete für Locke.

Dann standen wir außerhalb. Hinter uns wurden die Tore zugezogen und sie würden geschlossen bleiben, bis wir von unserer Mission zurückkehrten. Der erste Schritt nach draußen war ein Besonderer. Es fühlte sich in etwa so an, als würde man nach einer Flugreise an seinem Urlaubsort ankommen und den ersten, vorsichtigen Schritt aus dem Flughafen heraussetzen. Fremdheit – es war aufregend. Plötzlich war alles anders. Die gewohnte Sicherheit verflogen. Alle Sinne spannten sich an. Die Sommersonne brannte auf der Kopfhaut, blendete die Augen, ließ die Uniform schmelzen. Das Vogelzwitschern war lauter denn je, vor allem für Stadtverhältnisse. Die Lieder des Balzes schallten durch die Straßen. Auch ein Schwarm Gänse flog über uns hinweg. Der große Parkplatz vor dem Krankenhaus war menschenseelenleer. Nur vereinzelt ein paar Wagen, die bereits in ihre Einzelteile zerlegt worden waren, zumindest einige von ihnen. Irgendwie wirkte alles … friedlich? Fast friedlicher als sonst. Niemand rannte im Stress, niemand stritt sich, niemand wartete panisch vor dem Krankenhaus darauf zu erfahren, was mit ihren Geliebten passieren würde. Doch es war alles andere als friedlich. Wir befanden uns mitten im Jagdgebiet der neuen Spezies – hier, wo ein Schrei nach Hilfe nur den sicheren Tod mit sich bringen würde.

Locke ging voran. Wir bildeten ein Dreieck mit Kian und mir parallel zueinander laufend. Der Weg war ein weiter und wir schwiegen die gesamte Zeit über. Unser Gehör sollte vollkommen aufmerksam für auffällige Geräusche sein – irgendein Knacksen, ein Klopfen, ein Grunzen, vielleicht sogar ein Wort in der Ferne, oder ein Schuss. Die Wanderung führte uns zunächst über eine Schnellstraße, die verstopft war von verlassenen Autos. Sie standen beidspurig in der Schlange, teilweise ineinander verunfallt. Die meisten hatten geöffnete Türen. Preiswerte Anfängerwagen, seit Monaten nicht mehr gewaschene Firmentransporter, aber auch frisch polierte Luxuskarren warteten auf ihre Halterinnen und Halter. Die meisten Menschen waren daraus geflohen. Die wenigsten von ihnen noch am Leben. Zurückgelassen hatten sie Koffer voller Kleidung, Zeitschriften, Kuscheltiere. Äpfel vergoren auf den Armaturenbrettern. Bienen vergingen sich an den Schokoladentafeln auf den Rücksitzen. Eine Taube hüpfte durch einen geöffneten Kofferraum.

Dann bewegten wir uns in eine Blockwohngegend, vorbei an einem kleinen Park und einem geräumten Rummelplatz. Wir machten einen großen Bogen um den zentralen Place de Réunion und den gefallenen Kirchturm. Etwas über einer Stunde später erreichten wir ein Viertel voller Zweifamilienhäuser und etwas Grün. Es ähnelte der Waldrandsiedlung, in der wir anfangs untergekommen waren und war vermutlich auch nicht ewig weit von dort entfernt, doch war es nicht dieselbe. Locke stoppte vor einem orange-gekachelten Wohnhaus. Wir rückten näher zusammen und unterhielten uns unter dem Ton des Umfelds.

„Hier," begann Locke. „Die Person, die hier gewohnt hat, ist der erste Teil unserer Aufgabe. Oder eher, was ihr gehört hat."

„Und was ist das?" fragte Kian ungeduldig. Er lehnte sich an Locke vorbei und musterte das Gebäude in der Hoffnung, irgendetwas ausfindig zu machen. Es wirkte jedoch nur wie ein Wohnhaus. Vielleicht etwas protzig, als hätte wer auch immer dort gewohnt hatte nicht ungut gelebt – aber keine Auffälligkeiten davon abseits.

„Hier hat eine Frau gewohnt, die auch hier direkt gearbeitet hat. Sieht nicht so aus, richtig? Es sollte ja auch diskret bleiben."

„Schwarzmarkt? Drogen?" hakte Kian frustriert nach. „Nach sowas suchen wir?!"

„Psch-pscht! Nicht so laut – und natürlich nein, nicht Drogen. Die Frau war Psychiaterin und Psychotherapeutin. Und sie hat wohl, laut jemandem aus dem Krankenhaus, eine ganze Menge Medikamente dort. Also," holte er aus, „wir haben ja ausreichend Medikamente, aber es gibt eben bestimmte Medikamente, die eben besonders sie vorrätig hat und die einige Leute bei uns wegen der wandelnden Lage dringend gebrauchen könnten, wenn ihr versteht, was ich meine." Wir verstanden, was er meinte. „Leider soll das Haus … sagen wir mal von innen ‚gut bewacht' sein."

„Was schlägst du vor?" fragte ich. Er drehte sich zu dem Haus der Psychiaterin, musterte es von links unten bis rechts oben, dachte nach.

„Erstmal schauen ob's einen Hintereingang gibt. Wir suchen uns irgendeinen Eintrittspunkt, dann locken wir die Viecher zu uns und irgendwie bekommen wir das dann hin."

„Großartiger Plan," fauchte Kian höhnisch. Er war jedoch der erste, der über den Speerzaun hüpfte und an der Hintertür horchte.

„Ein Klopfen," flüsterte er. „Ich höre ein Klopfen. Muss etwas tiefer im Haus sein. Vielleicht nicht mal im selben Stockwerk. Regelmäßig. Es klopft regelmäßig."

„Was hörst du noch?" hakte Locke nach. Kian schüttelte den Kopf, also wandte sich Locke ab und versuchte, Blicke durch die zugezogenen Fenster zu erhaschen. Wenig ertragreich.

„Dann gehen wir einfach rein. Danach zu urteilen, wie die Fenster verteilt sind und das Haus gebaut ist … Es hat wahrscheinlich recht enge Gänge." Er holte aus: „Wenn eine Person draußen Wache steht, dass wir nicht eingekesselt werden, zwei drinnen die Viecher anlocken – dann können wir in den Gängen einen nach dem anderen hintereinander ausschalten."

„Und die Tür? Wie kriegen wir die ohne Lärm auf?"

„Indem wir–" Bevor er antworten konnte, unterbrach ihn ein Pfeifen, dann ein Platzen. Dann wieder ein Pfeifen. Wieder ein Platzen.

„Was zur Hölle?" Locke sputete tiefer in den Hintergarten des Hauses und starrte in die Luft. Kian und ich folgten ihm und schauten ebenso nach oben. Ein kleines Feuerwerk entzündete sich mitten in der Stadt, wahrscheinlich weniger als einen Kilometer weit entfernt. Keine typischen Raketen, eher ein vulkanartiges Barockfeuerwerk. Rot, dann grün, dann orange, dann pink, dann wieder rot erleuchtete es das klare Himmelblau.

„Ein Hilfesignal!" rief ich und zerrte an Locke, nötigte ihn, zur Hilfe zu eilen. Er rührte sich erst nicht, doch ich zerrte weiter an ihm, dann gab er nach. Wer auch immer dort draußen war, brauchte unsere Hilfe. Ich dachte an uns selbst, als wir verloren durch die Stadt geirrt waren bis wir endlich das Krankenhaus fanden. Jetzt konnten wir unsere Sicherheit weitergeben. Ich rannte voran.

„Ist das jetzt euer Ernst?!" rief uns Kian noch hinterher, doch seine Stimme verrauchte weit hinter uns, ebenso wie die Feuerwerksspuren im Himmel, welcher begann, sich zuzuziehen. Aber wir mussten doch rechtzeitig kommen!

Die Spuren erloschen langsam. Wir rannten ihnen mit konstantem Bick in die Luft nach oder versuchten zu erahnen, wo sie gewesen sein müssten. Der Geruch half auch etwas. Ebenso die neu aufgezogenen Wolken – keine Sonne blendete mehr. Dennoch, die Luftguckerei machte die Suche nicht wesentlich einfacher. Ich konnte gar nicht zählen, wie oft Locke gestolpert und dabei beinahe über seine Füße gefallen wäre und wie oft mir das tatsächlich passiert war. Kein Wunder, dass am selben Tag meine Beine und Arme zahlreich versehen waren mit blauen Flecken und die Ellenbogen der Uniform zu reißen begannen.

Dann erreichten wir die Quelle des Signals. Der Rauch stand noch an Ort und Stelle, bis er kurz darauf von scharfem Sommerregen zerrissen wurde. Auf dem Teerboden der Kreuzung konnte ich zwischen den Beinen die ausgebrannten Körper des Bodenfeuerwerks ausmachen. Die Monster waren auch schon angekommen, denn leider gehörten ebenjene Beine ihnen. Sie versammelten sich um die glimmenden Pappschachteln herum, doch streckten ihre grausig zerfallenen Arme nicht in diese Richtung, knieten nicht nieder. Stattdessen rissen sie die Arme nach oben. Über ihnen erstreckte sich eine weitere Reihe toter Beine.

„Das kann nicht sein, das…“ Locke starrte neben mir noch immer in die feuchte Luft über uns. Seine Augen zuckten mit jedem Regentropfen, der in seine Wimpern schlug. Zwei leblose Körper baumelten über dem Boden. Wie Piñatas wurden sie von links nach rechts, nach vorn und nach hinten geschlagen. Sie waren an den Straßenlaternen befestigt, Ketten um ihre Hälse geschlungen. Die Hände waren hinter ihren Rücken mit Seilen zusammengebunden. Ich war gerade noch dabei, zu realisieren, dass es sich um Gordon und Ada handelte, da eröffnete Locke neben mir das Feuer. Eigentlich hätte ich ihn aufhalten sollen – das wollte ich auch – aber es war bereits zu spät. Er würde mich nicht mehr hören. An ihn heranzutreten, würde mich nur selbst in Gefahr bringen. Ich drückte meine Ohren zu und saß es aus. Lockes Maschinenpistole machte kurzen Prozess mit der Versammlung. Alle von ihnen, die versuchten, uns näherzukommen, fielen sogleich zu Boden. Ein Magazin genügte für sie alle. Dann stand er unter seinem Kollegen und seiner Kollegin und suchte nach einem Weg, sie herunterzuholen. Vermutlich wollte er sie noch retten.

„Hör auf!" rief ich ihm zu, doch Locke zerrte an den Beinen der Toten. Er versuchte, an den Laternen hinaufzuklettern, zielte mit dem Gewehr in Richtung Kette, wollte sie hinunterschießen.

„Lass das!" rief ich erneut, diesmal bedrohlich an ihn heranschreitend. Meine Hand packte Lockes Schulter und drehte ihn zu mir.

„Stopp. Sie sind tot. Deine Schüsse werden etliche von den Dingern aus der Stadt angelockt haben. Der Regen wird das auch nicht verstummt haben. Wir wissen, was mit den beiden passiert ist. Jetzt weg hier." Er schaute mich kurz wortlos an. Sein Blick wechselte zwischen Gordon, Ada und mir, dann auch Kian, der erst jetzt dazugestoßen war – und ganz blutverschmiert.

„Aber ... aber sie ..." Ohne ihn weiterreden zu lassen, zog Kian Locke von dem Grabmal hinfort. Der Polizist und die Polizistin blieben dort hängen. Hingerichtet. Das waren nicht einfach zwei Leichen. Das waren zwei Morde. Zwei grausame Morde – ungewiss, ob sie nicht sogar lebendig dort aufgehangen und ausgehungert wurden. Ich wollte mich gerade meinem Freund und dem Kollegen anschließen, da erblickte ich einen Zettel unter einem der Feuerwerkskörper. Ich zog ihn hervor und strich den Ruß hinunter. Der Regen hatte ihn durchnässt, doch was darauf stand, war noch lesbar:

> *Hanging from the lamps*
> *a couplet of eyes*
> *facing down the ramps*
> *where death lies.*

For all of them to come
inevitable!
Laughable!
All bodies soon be numb.

T.S.

„T.S.?" fragte ich mich. Wer auch immer dieses Gedicht geschrieben hatte, bezog sich ganz bestimmt auf Leichen von Gordon und Ada. War es der Mörder? „Ein Augenpaar, das von den Lampen hängt … alle Körper werden bald taub sein?" Nun war nicht die Zeit darüber nachzudenken. Wir mussten zurück. Die Täter hätten noch in der Nähe sein können. Jayde würde sicher Antworten haben.

„Und was ist mit dir passiert?" fragte ich Kian, dessen Uniform erst seit seiner verspäteten Ankunft rot befleckt war. Das Blut in seinem Gesicht war bereits ausgewaschen worden. Er steckte eine Hand in seine Taschen und holte eine orangene und eine weiße Zylinderbox heraus.

„Ich habe mich um unseren Auftrag gekümmert." Er steckte die Medikamente zurück. „Unglaublich," dachte ich. Sowas konnte auch nur Kian durchziehen.

„Aber," holte er aus und warnte: „Was ich hier gerade gesehen habe … Ricard und ich sind weg, bevor es zu irgendeinem Konflikt kommt. Nur, dass du Bescheid weißt."

KAPITEL 32

Dunkle Wolken schlugen Regen gegen die Fenster der Kantine. Ein paar Ärzte, Ärztinnen und Mitglieder des Sicherheitspersonals tranken ihren Kaffee – manche schwarz, manche so mit Milch und Zucker überschwemmt, dass eigentlich kaum noch etwas von dem Kaffee überblieb. Die alte Mrs. Webber, die an ihrem üblichen Fenstertisch ganz hinten in der Ecke saß, am weitesten entfernt von Türen und Tresen, trank ihren Kaffee auf ihre übliche, unkonventionelle Art: Er musste in ein Glas gefüllt sein, am Rand mit ein paar Tropfen Traubensaft verziert, sodass ein unverkennliches Muster entsteht, das den äußerst ungewöhnlichen Geschmack wettmachte. Die Anweisungen dafür hatte sie an diesem Tag Ricard aufgetragen, der ihr mit Vergnügen das Lebenselixir überreichte. In diesen ersten Tagen des Aufenthalts im GSIH hatte Ricard sich zur Aufgabe gemacht, einen nichtmedizinischen Blick auf die pflegebedürftigen Patienten und Patientinnen des Krankenhauses zu werfen. Das übrige Personal war ausgelastet mit der medizinischen Versorgung und hatte nur wenig Zeit, die individuellen, zwischenmenschlichen Bedürfnisse der Anwesenden zu stillen. Ricard hingegen übernahm dies gern, so wie auch an diesem Tag mit Mrs. Webber.

„Darf ich Ihnen noch irgendetwas bringen?" fragte Ricard nach. Die alte Frau schüttelte langsam ihren Kopf und deutete mit der freien Hand, die keinen Kaffee zu greifen vermag, auf den freien Stuhl am selben Tisch. Ricard setzte sich zu ihr.

„Weißt du, Junge," begann sie zittriger Stimme zu erzählen, „es ist ja schon etwas komisch, so auf Hilfe angewiesen zu sein." Ricard nickte und lächelte freundlich zu jedem Punkt, den sie machte.

„Noch vor ein paar Jahren, vielleicht vor zwanzig oder so, da habe ich ja selbst noch Leuten geholfen." Sie kramte in ihrer Blusentasche herum und holte neben etlichen Zetteln und Krimskrams auch ein Passbild heraus. Sie präsentierte es auf dem Tisch.

„Das ist John I. Heatherway. Einer meiner größten Klienten." Auf dem Bild war ein gutaussehender Mann zu sehen, vielleicht Mitte 40, stark verziert mit modischen Ohrringen, einer Designer-Brille, Tattoos und Piercings.

„Du musst wissen, Junge, ich habe als Anwältin gearbeitet."

„Als Anwältin, wirklich?"

„Wirklich! Und das war mein ganz großer Fall. Heatherway, vielleicht hast du sogar mal von ihm gehört, war ein ganz Großer. Schauspieler, Musiker und Autor. Eigentlich war der Fall kaum anders als die ganzen Ehestreits, die ich vorher schon vor Gericht hatte: Seine Frau hat ihn verklagt wegen Missbrauch, er sie wegen Verleumdung. Das kam nicht zu selten vor. Aber es war ein ganz großer Prozess, weil es eben berühmte Menschen waren und die Presse alles von uns wissen wollte. Ich war sogar im Fernsehen oder im Radio!" Die alte Mrs. Webber taute förmlich auf während ihrer Erzählung. Sie brauchte immer etwas, ihre Gedanken zu sortieren, schließlich war sie mit stolzen dreiundneunzig Jahren nicht mehr die fitteste Rednerin. Doch fing sie einmal an zu erzählen, gab es kaum ein Ende. Das Krankenhauspersonal lobte sie dafür immer mit höchsten Tönen.

„Wie war das so für Sie, mit Stars zu arbeiten?" hakte Ricard nach.

„Ach erstmal eigentlich gar nicht so anders. Die sind ja auch nur Menschen. Allein mit John zu sprechen, das war ganz toll für mich. Ich kannte ihn ja schon von den Filmen und den Büchern. Seine Musik kannte ich aber nicht. Naja, jedenfalls war er ganz herzlich und ganz lieb zu mir und eben einfach ein Mensch. Einer der Fehler gemacht hat, aber hier eben im Recht war. Nur vor Gericht selbst war das alles ganz komisch – das war wie eine Aufführung manchmal! Die beiden wussten eben, dass die Presse alles mitbekommt. Und auch ihr Anwalt – da fiel ein Einspruch nach dem anderen, aber das war ein großes Theater. ‚Einspruch Hörensagen!', ‚Einspruch Relevanz!', ‚Einspruch, der Angeklagte beantwortet meine Frage nicht!'. Jede Sekunde ein neuer Einspruch, um die gefährlichen Informationen zu unterbrechen. Naja, am Ende hat er gewonnen und ich mit ihm." Ein kurzer Moment des Stillschweigens folgte. Mrs. Webber sah wohl ihr altes Leben an sich vorbeiziehen, während sie den Sommerregen durch das Fensterglas beobachtete. Vielleicht schwärmte sie auch von Heatherway und fragte sich, was aus ihm geworden sei. Ricard dachte über seine Zukunft nach, oder viel eher, was er sich davon erhoffte hatte. Seine tatsächliche Zukunft jetzt würde wohl sehr anders aussehen.

„Ich hatte auch darüber nachgedacht," begann er. „Also, Jura zu studieren, Anwalt zu werden. Quasi in die Fußstapfen meiner Mutter zu treten. Aber das hat sich wohl erledigt." Ein weiterer Moment der Stille folgte, als Mrs. Webber versuchte, sich die richtigen Worte bereit zu legen.

„Weißt du, Junge … ich bin im Ersten Weltkrieg geboren, hab den Zweiten durchstanden und was die Welt sonst noch so zu bieten hatte in der Zeit. Aber: Die Menschen haben sich immer davon erholt. Schau, wo wir gelandet sind hier in Kingsland in den letzten Jahren. Das wird schlussendlich wieder so sein. Zivilisation kommt zurück. Vielleicht dauert es ein paar Jahre, aber dann kannst du die Gelegenheit nutzen und deinen Traum verwirklichen. In der Zeit" – sie lachte, während sie weitersprach – „nutzt du die Menge an freier Zeit für dich und liest alle Bücher zu Recht und Gesetzen, die du finden kannst. Du studierst einfach für dich." Ricard lächelte Mrs. Webber an und bedankte sich bei ihr. Diesen Zuspruch hatte er gebraucht, während sonst alles so dunkel schien. Im gleichen Atemzug erschwerte es seine Entscheidung, schon bald das Krankenhaus gemeinsam mit seinem Freund Kian zu verlassen…

Der Regenschauer begann abzuklingen und Reid rollte wieder von der kleinen Überdachung hinaus auf das flache Dach des Krankenhauses, auf dem Asfat gerade fertig geworden war, den verstopften Abfluss zu befreien.

„Du hättest wenigstens warten können, bis der Schauer durch ist. Schau dich an, du bist klitschnass!"

„Ich fand's ehrlich gesagt ganz angenehm," entgegnete Asfat. „Hab seit Tagen nur in diesem Bett gelegen und kaum Luft abbekommen, da war der Regen echt schön eigentlich."

„Ja, frag mich mal in diesem blöden Rollstuhl. Ich bin froh, dass ich es überhaupt auf das Dach schaffe." Asfat musterte ihn von oben nach unten.

„Verrückt eigentlich," begann er. „Ich arbeite seit einer Weile als Busfahrer in meiner Heimat und sitze dabei freiwillig den gesamten Tag über. Und dir wird gar keine Wahl gelassen … wie ist's passiert?" Reid schmunzelte zurück.

„Was denkst du?"

„Autounfall?"

„Nope."

„Gestürzt?"

„Auch nicht. Letzter Versuch."

„Hmm … du hast versorgte Beine, also nichts Chronisches oder Entzündetes oder so. Puh, ich bin überfragt. Wurdest du angeschossen?" Asfat gab auf.

„Zum Glück nicht!" entgegnete Reid. „Es war ein Wildschwein. Mich hat ein gottverdammtes Wildschwein über den Haufen gerannt."

„Ach herrje!" rief Asfat überrascht. „Aber wie schlimm ist es?"

„Es geht. Dr. Woods sagt, ich sollte in ein paar Tagen wieder anfangen können, das Laufen auszuprobieren. Dann in ein paar Wochen sollte das durch sein. Es ist zum Glück kein komplizierter Bruch oder Ähnliches und ich hatte gute Erstversorgung. Also großen Reisen sollte bald nichts mehr im Wege stehen." Asfat lachte, dann wandte er seinen Blick von Reid ab und schaute über die Stadt. Die Aussicht reichte weit vom Krankenhausdach in die Stadt, überwiegend über das industrielle Viertel der Stadt, aber auch einige Wohngegenden mit kleinen Parks waren in der Ferne zu sehen.

„Große Reisen," wiederholte Asfat. „Hm, ich wollte erst gegen Ende des Jahres nach Sizilien reisen."

„Und ich hatte für nächstes Jahr schon einen Städtetrip durch Spanien gebucht."

„Mist."

„Scheiße," entgegnete Reid. Beide schwiegen kurz. „Wo warst du schon so?" fragte er dann.

„Ehrlich gesagt war ich kaum irgendwo. Ich komme nicht aus den wohlhabendsten Verhältnissen. Wir haben mal entfernte Verwandte in der Türkei besucht vor vielen Jahren, aber davon abgesehen ginge das jetzt erst, wo ich langsam finanziell unabhängig war. Deshalb jetzt Georgestone und dann Italien."

„Ich verstehe. Das war bei mir ganz ähnlich," erzählte Reid. „Wir haben mal Freunde von Freunden von Verwandten x-ten Grades in der Ukraine besucht. Das war auch echt schön. Ansonsten nur in Kingsland und England rumgereist, vielleicht auch früher mal in Schottland. Aber kaum auf dem Festland. Das hatte ich mir aber vorgenommen." Asfat schaute ihn wieder an. Dann kniff er seine Augen zusammen und musterte den Rollstuhl ganz genau.

„Hey, Reid."

„Ja?"

„Versuch es doch mal," schlug er vor. „Aufzustehen, meine ich." Reid lachte, schaute weg, nahm es nicht ernst. Dann trafen sich ihre Blicke wieder und er verstand, dass Asfats Vorschlag ernstgemeint war. Dessen warmherziges Lächeln vertrieb die kalten Wolken.

„Gut," willigte Reid ein. „Aber du musst mich stützen." Asfat trat an ihn heran und rollte ihn ein Stück mehr Richtung Mitte des Flachdachs, auf genügend Sicherheitsabstand zur Kante. Er beugte sich nach unten und legte Reids linken Arm über seine

Schulter. Dann zählte er von drei herunter und drückte Reid in den Stand. Die beiden Fußsohlen standen zittrig auf dem Betonboden und für einen Moment bemerkte Reid nicht einmal, dass Asfat ihn gar nicht mehr oben hielt. Ihre Blicke trafen sich. Asfat grinsend, Reid nervös und angestrengt. Dann ließ er sich zurück in den Stuhl fallen.

„Das sah doch gut aus!" jubelte Asfat.

„Ich weiß ja nicht."

„Doch, doch! Weiter so und du bist viel früher raus aus dem Ding, als dem Arzt lieb ist." Beide lachten. „Und wenn du wieder raus bist," setzte Asfat fort. „Dann bereist du die ganze Welt."

„Pff, wie soll das aussehen bitte?"

„Naja, denk doch mal drüber nach. Wann hattest du jemals so viel Zeit wie jetzt? Nimm dir das nächste Auto und ab nach Südeuropa! Ich komme mit."

„Tzz, träum weiter, Asfat," schloss Reid spöttisch ab, wenn auch nicht ganz abgeneigt.

Langsam kämpften sich die Sommersonnenstrahlen zurück durch die Wolkendecke. Im Fitnessbereich war davon jedoch nichts zu sehen. Die Wände waren von gigantischen Spiegeln und Gerätschaften versehen. Fenster fanden hier keinen Platz. Lediglich das schmale Deckenfenster über der geschlossenen Tür zum Flur ließ vermuten, dass irgendeine Form von Licht draußen existierte. Der farbkahle Raum lebte von den Geräuschen der Apparaturen und der anstrenglich stöhnenden Trainierenden. Das Laufband zum Beispiel knatterte und summte unter Dr. Melissa Wrestle. Sie pustete und prustete in regelmäßigen Abständen die Luft aus ihrer Lunge hinaus und wieder hinein. Keine fünf Meter von ihr entfernt lag ihre Tochter auf einer Sportmatte und machte einen Crunch nach dem anderen, dabei weitaus weniger pustend und prustend.

Das Laufband piepste und kam langsam zum Stoppen.

„Lenna?“ Melissa zeigte auf die Wasserflasche, die neben ihrer Tochter stand. Lenna unterbrach ihr Workout, griff nach der Flasche und warf sie in Richtung ihrer Mutter. Diese bedankte sich.

„Also,“ begann sie, „wie ist das Abitur ausgefallen? Zufrieden mit dem Ergebnis?“

„Nah. 2,6. Hätte besser laufen können aber yo, ich hatte andere Sachen im Kopf.“

„Soso?“

„Dies, das.“ Lenna wich persönlichen Fragen ihrer Mutter aus. Zwar war sie unendlich glücklich, sie wieder bei sich zu haben und die beiden waren verschmolzener denn je, doch legte sich ein bitterer Beigeschmack darüber. Melissa hatte sich vorher lange nicht bei ihr gemeldet – zu keiner Abschlussprüfung Erfolgswünsche verschickt, sich keine Zeit für Nachfragen genommen und auch nie nach dem Endergebnis gefragt. Natürlich wusste Lenna, dass dies nie aus Boshaftigkeit oder Ignoranz passiert war – oder eher nicht passiert war – aber es hatte eben einen leicht bitteren Beigeschmack.

„Und die Liebeswelt?“

„Mom!“

„Was? Sag schon! Ist da was zwischen dir und Asfat? Julien? Oder doch eure süße Krankenschwester? Oder jemand aus deinen Abikursen?“

„Yo, Mom, die meisten Leute aus meinen Abikursen sind wahrscheinlich tot." Lenna hielt kurz inne, dann erkannte sie, dass sie wohl zu harsch geantwortet hatte. Dann setzte sie neu an: „Und bei dir?" Doch Melissa lachte nur, ohne eine Antwort zu geben. Das Lachen wandelte sich blitzartig in ein Husten. Erst war es ein kleines Husten, dann doch ein Lauteres, dann wurde es zu einem ordentlichen Krampf, einem Hustenanfall.

Lenna rannte zu ihr und klopfte ihr ein paar wenige Male stark auf den Rücken, bis Melissa sie zurückwies. Es war kein Verschlucken.

„Deine beschissenen Zigaretten bringen dich noch um. Eine der Sachen, mit denen Dad wirklich Recht hatte."

„Lass T–"

„Jaja, lass Dad da raus. Die Dinger sind trotzdem kacke."

„Ich weiß doch," entgegnete Melissa, „aber WAS bringt einen heute nicht um?" Lenna seufzte. Sie rannte gegen eine Wand damit. Manchen Menschen konnte man ihre Fehler noch so deutlich vor das Gesicht halten. Sie würden es nie genug einsehen, um daran zu arbeiten. Sie konnten noch so reflektierte, kluge Menschen sein – wenn der Morgenkaffee, das Abendbier, die Pausenzigratte, der Partyjoint oder der Mitternachtssnack zur Gewohnheit geworden ist, geht das auch nicht weg, wenn man weiß, wie mies es eigentlich ist – wahrscheinlich erst, wenn es längst zu spät sein würde. „War es schon zu spät bei meiner Mom?" fragte sich Lenna nach diesem auffälligen Hustenkrampf.

Melissa zog die vor Schweiß triefenden Sportklamotten aus und warf sie in einen Plastikbeutel, aus dem sie vorher ihre Wechselsachen und den weißen Kittel zog und überwarf. Aus der Seitentasche ebenjenes Kittels holte sie ein Feuerzeug und eine Zigarette.

„Also dann." Melissa verabschiedete sie sich von ihrer Tochter und verließ das Fitnesszimmer. Lenna schüttelte den Kopf und setzte ihr Workout fort.

KAPITEL 33

"**Was** zur Hölle ist da draußen passiert, O'Shea?!" Locke stampfte in das Büro der Chefin. Seine Augen tränten über den grausamen Tod von Gordon und Ada. Natürlich war das alles auch ein Schock für mich – zu sehen, wie die beiden da hingen, während ich sie erst wenige Tage davor kennen gelernt und lebendig durch das Krankenhaus hatte patrouillieren sehen. Aber Leichen, ob hängend oder laufend, waren kein besonders neuer Anblick mehr. Hier hingegen handelte es sich um eine Hinrichtung. Das war der viel größere Schock an dieser Stelle. Für mich zumindest. Für Locke war es wohl noch viel mehr der Verlust.

Jayde erhob sich aus ihrem Bürosessel, ging einen Schritt zurück und schaute ihren Sicherheitsmann fragend an. Sie schüttelte den Kopf, unwissend, was er meinte.

„Gordon und Ada sind tot!"

„Oh nein…"

„Sie wurden verdammt nochmal umgebracht! Aufgehangen! Wie an einem Galgen! Und dann den Toten zum Fraß vorgeworfen!"

„Das ist schrecklich. Bitte, Locke, bitte beruhige dich erstmal." Jayde versuchte, die Situation zu deeskalieren, doch eckte damit nur mehr an.

„Ich soll mich beruhigen?!" schrie Locke nun noch lauter als zuvor. „Zwei unserer Leute sind tot!! Ermordet!! Und du tust so, als wäre nichts passiert?!"

„Wir müssen doch erstmal–"

„DU bist uns erstmal eine Erklärung schudig!!" Locke schritt bis an den Schreibtisch heran und knallte mit beiden Fäusten auf die Holzplatte. „WARUM sollte jemand … warum sollte …" Er senkte seinen Kopf und ließ den Tränen freien Lauf. Ein Heulkrampf bahnte sich an. Kian und ich standen stumm dahinter. Wir schauten nur zu, was passierte, wollte uns nicht einmischen. Auch den Brief wollte ich noch nicht erwähnen. Dann sagte Locke etwas, das unser Aufsehen erregte:

„Du meinst doch nicht, dass–"

„Sei still, sie ist weg!" O'Shea ließ ihn harsch verstummen.

„Aber, wer sollte–"

„Locke, schau mich an." Er schaute nach oben. Auch Jayde war mittlerweile zurück an den Schreibtisch getreten und stütze sich mit beiden Händen darauf. „Du hast dir eine S-Einheit verdient. Der Code heute lautet 26-172. Das sollte dich erstmal beruhigen. Und keine Sorge: Wir finden heraus, wer dafür verantwortlich und sie werden dafür büßen." Die beiden guckten sich noch einige Sekunden an, nickten sich zu. Dann verließ Locke das Büro. Kian und ich folgten ihm.

„Was denkst du?" fragte ich meinen Freund, der seit dem Fund der Leichen nichts mehr dazu gesagt hatte.

„Ich wiederhole mich ungern," begann er, „aber wie gesagt: Ricard und ich sind weg, bevor noch irgendwas passiert. Der Rest liegt bei euch." Ohne mich noch einmal anzusehen ging er voraus und stieg das Treppenhaus hinunter. Ich stand noch eine Weile dort und tastete in meiner Westentasche herum. Der Brief war immer noch dort und ich kämpfte mit mir: Sollte ich ihn Jayde ins Gesicht halten oder vorerst bei mir behalten? Ich wollte nicht riskieren, zu viel zu wissen. Vielleicht gab es da etwas, das mir nicht zustand. Andererseits…

Ich drehte mich um und betrat das Büro erneut. Jayde stand an der Fensterwand und schaute nach draußen, regelmäßig an ihrem Whiskeyglas sippend. Sie drehte ihren Blick zu mir und musterte mich, allerdings wenig erwartungsvoll oder fragend. Sie nahm einfach hin, dass ich da war. Vielleicht lächelte sie sogar ein wenig darüber. Ungewöhnliche Gedanken kreuzten meinen Verstand und ich schüttelte sie sofort wieder nach draußen – sie war doch mehr als doppelt so alt wie ich, oder? Außerdem – nein, wo kamen diese Gedanken überhaupt her? Da waren doch gerade so viel wichtigere Themen. Nachdem ich einige Minuten wie angewurzelt mitten im Raum stehen blieb und sie von der Seite musterte, ihre im Licht glänzenden Augen betrachtete, zog ich das Stück nasse Papier aus meiner Tasche und legte es auf ihren Tisch. Sie erblickte es, dann mich. Dann bewegte sie sich in Richtung des Zettels. Dabei blieben unsere Blicke gekreuzt. In diesem Atemzug wollte ich nie mehr etwas anderes sehen als diese beiden Kristalle und – verdammt, schon wieder solche Gedanken. „Julien, reiß dich zusammen! Es ist falsch,“ dachte ich und deutete auf den Brief mit dem unterzeichneten Gedicht darauf. Sie betrachtete ihn nur kurz, dann faltete sie ihn zusammen und verschloss ihn in einer der Schubladen. Sie nahm wieder ihre Position an der Fensterwand mit dem Whiskeyglas in der Hand ein.

„Was hat es damit auf sich?“ fragte ich ruhig. Ich wollte wissen, was hier vor sich ging, denn ihre Reaktion deutete darauf hin, dass sie nicht einfach nichts wusste. Allerdings wollte ich sie nicht unter Druck setzen. Sie war in einer hohen Position mit etlichen Leuten, die Erwartungen an sie hatten. Da durfte sie keine Schwäche zeigen. Das kannte ich nur zu gut. Dennoch: Ich musste es wissen. Meine Engsten waren in diesem Krankenhaus und wenn es nur irgendeine kleinste Gefahr für sie gäbe, wenn nur das geringste Risiko bestünde, dass eines Tages SIE an einer Laterne baumeln könnten mit einem Gedicht darunter…

„Julien, bitte, ich … ich verspreche dir, dass ich dir eine Antwort geben werde. Jetzt gerade brauche ich aber etwas Zeit, das selbst zu verarbeiten," erklärte sie. „Außerdem muss ich die Tode offiziell machen und eine Erklärung finden, die nicht das gesamte GSIH in Aufruhr versetzt." Ich nickte und akzeptierte ihre Antwort. Sie lächelte, schätzte meine Geduld.

Am Abend desselben Tages saßen wir alle zusammen in unserm Schlafsaal: Kian, Ricard, Lenna, Asfat, Reid und ich. Mein bester Freund und sein Partner hatten erneut deutlich gemacht, dass sie sehr bald das Krankenhaus in Richtung North Penseria verlassen würden und waren gerade dabei, ihre Taschen zu packen. Der Rest von uns beriet sich, wie wir mit der neuen Gefahr umgehen sollten. Ich hatte ihnen von den Morden an Gordon und Ada erzählt, jedoch noch nichts von dem Brief. Ich wollte damit auf Jaydes Ausführung warten.

„Für mich ist die Entscheidung easy peasy," begann Lenna. „Ich habe meine Mom hier gefunden und yo, sie wird hier gebraucht, also bleibe ich."

„Für mich ist es auch einfach," warf Reid ein. „Nicht nur, dass ich hier vorher gearbeitet habe und die eine oder andere Person kenne – schaut mich an. Ein Schritt nach draußen in meiner aktuellen Verfassung und ich werde an der nächsten Ecke aufgefressen."

„Mir geht's ähnlich," erklärte nun Asfat. „Die Leute vom GSIH haben mich da draußen gefunden. Sie hätten mich liegen lassen können, aber sie haben mich mitgenommen und aufgepäppelt." Er schaute in der Runde herum und erkannte, dass einige von uns vergaßen, dass die Soldaten uns auch hätten draußen stehen lassen können. „Ich bin es ihnen schuldig, hier auszuhelfen," beendete er. Tja und dann war da noch ich. Für mich war die Entscheidung ähnlich einfach. Daran hatte sich noch nicht so viel geändert. Sicherheit, Mauern, Nahrung, Wasser, alles war hier verfügbar. Viel mehr kamen noch Gründe hinzu: Lenna, Asfat und Reid waren auch noch hier. Kian und Ricard würden ganz sicher wiederkommen. Dann war da noch Dr. Jayde O'Shea, die sich langsam, aber sicher zu einer Freundin entwickelte – zu jemandem, auf die ich zählen konnte. Diese Gefahr dort draußen: Wie groß könnte sie schon sein? Ja, sie hatte zwei erfahrene Mitglieder des Sicherheitsteams auf dem Gewissen, aber die zwei waren wohl in der Unterzahl. Würden wir unsere Patrouillen aufstocken und die Sicherheit innerhalb des Gebäudes weiterhin aufrechterhalten, wären wir doch unantastbar.

Dann verblieben wir dabei. Wir entschieden uns also einheitlich, zu bleiben und im GSIH auf Kians und Ricards Rückkehr zu warten.

Die Nacht verging und der nächste Tag brach an. Die Morgensonne klatschte mir ihre Strahlen unfreiwillig unwiderstehlich ins Gesicht. Es muss etwa Neun gewesen sein, vielleicht etwas früher. Wie immer brauchte ich gefühlt Stunden, um meine Augen zu öffnen, geschweige denn mich aufzuraffen und umzusehen. Leider hatte die neue Welt mich noch nicht weniger zu einem Morgenmuffel gemacht. Dabei sollte man meinen, man sei aufmerksamer und so etwas. Als ich es dann aber schaffte, mich aufzusetzen, fiel mir auf, dass niemand außer mir mehr da war. Die Taschen der anderen standen noch im Raum verteilt – auch Kians und Ricards – aber die Betten waren verlassen und nicht einmal ordentlich gemacht worden. Hatte ich etwas verpasst? Jetzt ging es plötzlich flott aus dem Bett. Die Neugierde und auch etwas Angst schleuderten mich förmlich hinaus.

Ich schlenderte also noch in voller Schlafmontur durch die kühlen Gänge des Krankenhauses, bis ich eine Menge verschiedener Stimmen in Aufruhr vernahm. In einem Seitengang des Stockwerks standen sie alle: Fast das ganze Krankenhaus war hier versammelt. Die Ärzte und Ärztinnen, das Sicherheitspersonal, die Pflegekräfte, vereinzelt auch Patienten und Patientinnen, dazwischen Asfat, Lenna und Melissa. Auch Reid in seinem Rollstuhl saß dazwischen. Bestimmt befand sich auch Jayde in der Menge, die den ganzen Flur verstopfte. Kian und Ricard standen etwas abseits aneinander.

„Wer tritt heute auf?" fragte ich noch völlig verschlafen, als ich mich zu letzteren gesellte. Die Blicke, die zurückkamen, deuteten jedoch nur wenig darauf hin, dass ihnen zu witzeln zumute war. „Nein, wirklich, was ist los?" korrigierte ich anschließend.

„Eine Patientin ist tot."

„Tot? Wer?"

„Mrs. Webber," erklärte Ricard zittrig, während ihm eine Träne über die Wange lief und er damit kämpfte, weitere zurückzuhalten.

„Mein Beileid. Aber sie war alt, oder? Warum so ein großer Wirbel darum?" Ricard schaute bestürzt weg. Sein Freund schlug vor:

„Schau selbst." Ich schaute sie noch kurz verwundert an, aber dann konnte ich es mir wohl denken, denn ich vergaß: Wer stirbt, verwandelt sich wahrscheinlich. Vielleicht war sie als Monster durch die Gänge gestrichen und war deshalb nun ein Spektakel für alle Anwesenden. Vielleicht – oder sogar höchstwahrscheinlich – gab es Leute in diesem Krankenhaus, die bislang noch keines dieser Wesen gesehen hatten. Arztpersonal und Kranke, die seit Beginn vor wenigen Tagen nur hier drinnen gewesen waren, für die war das ja immer noch neu.

Ich zwängte mich an der gaffenden Masse vorbei, zwischen Kitteln und Uniformen hindurch, um zu sehen, was tatsächlich passiert war. Doch was ich dort erspähte, sprengte meine Erwartungen. Die alte Mrs. Webber lag mit den Füßen gegen die Wand gedrückt am Boden, den Kopf nach unten gerichtet. Ihr krauser, grauer Haarschopf wischte wie ein Mopp die Blutlache vom Krankenhausgang. Die Beine, die an die Wand gelehnt standen, waren an den Knien zur Seite weggebrochen. Blut gerann ihren gesamten Körper entlang. Was davon noch floss, wurde von dem Schnittgraben an der Kehle der Frau verschluckt. Ihre Augen waren leer. Fast so leer, wie die der Toten auf den Straßen. Aber sie war keine davon. Sie hatte ein noch grausameres Ende gefunden. „Wieder ein Mord," dachte ich. „In so kurzer Zeit."

Ich entfernte mich aus dem Gemenge und lief zurück in den großen Gang. Unweit von mir überhörte ich ein Gespräch zwischen Dr. Daws – das war einer der Oberärzte und Sicherheitschef in spe – und einem Patienten desselben Stockwerks.

„Und Sie sind sich sicher, dass sie nicht einfach einen bösen Traum hatten?" fragte der Doktor eindringlich.

„Nein, Herrgott, ich habe das wirklich gesehen!"

„Aber eine Robe? Im Ernst? Kann es nicht einfach ein Mantel gewesen sein? Jemand, der spaziert ist und dem kalt war vielleicht?"

„Eine Robe, ja. Der ist genau hier langgelaufen. Eine Robe! Mit Kapuze und sowas. Und irgendwas in der Hand, ja, der hatte irgendwas in der Hand."

„Ich frage Sie ein letztes Mal–"

„Nein, Menschenskinder!!" rief der Mann nun verzweifelt aus. „Ich weiß doch, was ich gesehen habe! Und schauen SIE sich doch mal Mrs. Webber an!"

„Das habe ich. Danke, keine weiteren Fragen. Vielleicht setzen Sie sich erstmal," beendete Dr. Daws und entfernte sich von dem Mann. Er lief mir entgegen in Richtung des Tatorts. Er blieb nicht stehen, doch die Sekunden, in denen er an mir vorbeischritt, fühlten sich an, als stehe die Zeit einen Augenblick still. Seine großen, leicht faltigen Augen durchstachen mich. Der Rest seines Gesichts blieb unbewegt und ausdruckslos, doch der stille, geschlossene Mund mit dem dichten Bart darum war so zugepresst, dass er mich unter Druck setzte. Es wirkte, als würde das Gesicht schreien: „Sei bloß still! Du hast nichts gehört!" ohne auch nur einen tatsächlichen Ton zu artikulieren. Und dann, als die Zeit wieder lief, spürte ich nur noch den Luftzug, den er an mir vorbeischlagen ließ und er war weg.

„Ich wiederhole mich ungern, aber wie gesagt: Ricard und ich sind weg, bevor noch irgendwas passiert," hörte ich Kian in meiner Erinnerung sprechen. Es war jetzt höchste Zeit für sie.

KAPITEL 34

Zu lange schon hatten wir es aufgeschoben. Zu lange schon hatte ich gehofft, etwas würde sich ändern. Zu lange schon dachte ich, es müsste nicht dazu kommen. Doch nun standen wir auf dem Vorplatz des Krankenhauses. Der Regenschauer des gestrigen Tages hatte die endlose Hitzewelle dieses Sommers weggeblasen, die uns seit dem Ferienhaus auf der Haut klebte. Nun flogen uns unsere Haare um die Ohren, während wir im Freien standen – oder zumindest Lenna und mir. Kian und Ricard beluden den weißgrauen Zweitürer, der ihnen vom GSIH zur Verfügung gestellt wurde. Natürlich unter der Voraussetzung, sie würden wiederkommen und einen Bericht über den Stand außerhalb Georgestones und insbesondere innerhalb von North Penseria abgeben. Zu lange schon hatte ich Angst vor diesem Moment. Es hatte mehr Abschiede in den letzten Tagen gegeben, als ich verkraften konnte. Christopher. Donna. David. Roberto. Nun müsste ich mich von meinem besten und einem weiteren guten Freund verabschieden. Ungewissheit betrübte meinen Geist. Ungewissheit, welche Art Abschied es war. Ich kannte ihr Versprechen: Sie würden nach North Penseria fahren, nach ihrer Familie suchen und ganz bestimmt wiederkommen. Doch auch Donna hatte ihrer Familie versprochen, sicher und bald wieder heimzukommen. Das konnte sie niemals einhalten. Was, wenn sie es auch nicht könnten? Niemand konnte sicher sein, was dort draußen passieren würde auf dieser langen Reise.

War es ein Abschied bis in ein paar Tagen? Wochen? War es ein Abschied für immer?

Kian legte seine Hand auf meine Schulter und stellte sich fest vor mir auf. Mein verlorener Fokus löste sich und stellte sich auf ihn ein, seinen Körper, dann sein Gesicht. Wie immer schaute er grimmig drein. Aber es war kein unwirsches Böse. Es war eher ein „Hey, ich weiß, es ist scheiße, aber irgendwie geht's nicht anders"-grimmig.

„Hey, ich weiß," begann er dann. „Ich weiß, du machst dir Sorgen. Aber versprochen ist versprochen. Wir sind in spätestens zwei Wochen zurück, wenn wir niemanden finden. Ansonsten früher. Pass auf die anderen auf." Er klopfte mir zweimal auf die Schulter und kämpfte mit sich, mich zu umarmen oder nicht, aber er brachte es wohl nicht übers Herz. Er wandte sich ab.

„Dann pass du auf dich auf!" rief ich ihm hinterher und rannte ihm nach. „Kian, ernsthaft."

„Hm?" Ich legte meine Hand hoch auf seine Schulter, drehte ihn zu mir. Alle Widerreden gegen ihr Vorhaben hatte ich längst ausgespielt oder aufgegeben. Sie wollte ihre Familie finden. Dagegen gab es nichts mehr einzuwenden.

„Wir kennen uns jetzt schon echt lange und ja, ich weiß, dass du stark bist. Ich weiß, dass du überall durchkommst. Ich weiß, dass du alles dafür tun würdest, dass Ricard in Sicherheit ist. Ich kenne dich. Aber da draußen…" Meine Stimme blieb kurz stecken, als ich in die Ferne schaute und dort nach meinen Worten suchte. „Aber da draußen ist nichts mehr berechenbar. Die Welt hat auch Menschen wie David oder diesen Axton verschlungen. Also wirklich, pass einfach auf dich auf." Ohne auf eine Antwort zu warten, umarmte ich Kian. Er erwiderte es. „Und du passt gefälligst mit auf ihn auf," rief ich Ricard witzelnd zu. Dieser nickte, lächelte kurz und wandte sich wieder ab.

In diesem Augenblick fragte ich mich, wohin unsere Bindung verschwunden war. Ricard und ich hatten uns über die letzten Tage verloren. Aber auch zwischen ihm und Asfat und sogar zu Lenna, mit der er vorher unzertrennlich war, dünnte sich der Draht aus. Ich fragte mich, ob es temporär war, ob es der Situation geschuldet war, ob es wiederkommen würde. Ich fragte mich, ob die Veränderungen in der Welt ihn einfach zu einem anderen Menschen gemacht hatten. Dann fragte ich mich, ob dasselbe nicht auch schon längst mit mir passiert war.

Es dauerte keine weiteren fünf Minuten, da waren alle Verabschiedungen durch und das Paar saß in ihrem neuen Auto. Ausreichend Versorgung für bis zu zwei Wochen füllte ihren Kofferraum. Die Wachen Cillian und Randy schoben das Tor auf und unsere Freunde fuhren ab. Es dauerte keine weiteren fünf Minuten, da war das Tor geschlossen und der Wagen nicht mehr in Sichtweite. Kian und Ricard waren auf dem Weg nach North Penseria. Sie lebten zwar noch, aber waren genauso schnell aus unserem Leben verschwunden, wie die, die starben. Jetzt waren nur noch Lenna, Asfat und ich von unserer Reisetruppe über.

Und so begann die Zeit zu rasen. Ein Tag nach dem nächsten verging. Wir verbrachten die Zeit in unseren entsprechenden Rollen. Lenna fügte sich in das Team der Sportkräfte ein und leitete Kurse für die Kranken ein, damit diese fitblieben. Asfat lernte die Gartenarbeit kennen und half einigen Freiwilligen dabei, verschiedene Beete auf dem Dach zu bepflanzen. Nebenher half er etwas in der Kantine aus. Reid widmete sich ganz seinem alten Beruf und kümmerte sich um administrative Aufgaben. Nebenher arbeitete er fleißig daran, wieder gescheit gehen zu können. Ich gliederte mich weiter in das Team des Sicherheitspersonals ein. Gemeinsam setzten wir uns mit den Waffen des Arsenals auseinander und reinigten sie regelmäßig. Besonders Cillian, Randy und ich stellten die Wachposten für das Tor. Mit Locke führte ich hin und wieder Patrouillen außerhalb des GSIH durch, doch sie wurden seltener und bewegten sich maximal um den nächsten Block herum, aber niemals weit nach draußen. Nicht seit dem Vorfall mit Gordon und Ada. Dies hatte Jayde sofort angeordnet, nachdem wir ihr davon berichteten. Zudem ernannte sie Dr. Daws als neuen Primärzuständigen für Sicherheit, so wurde er etwas wie unser Oberinspektor, aber wir hatten kaum direkten Kontakt zu ihm – oder ich zumindest nicht.

In dieser Zeit kamen Jayde und ich uns immer näher. Ich möchte ganz ehrlich mit euch sein … es war etwas komisch für mich. Ohne groß drum herumzureden: Ich fand sie großartig. Also großartig-großartig. Sie war warmherzig, aufmerksam, gutmütig. Sie nahm sich immer Zeit, auch wenn sie selbst verdammt viel um die Ohren hatte. Mein Herz war jedes Mal am Schmelzen, wenn sie mir mit ihren kristallenen Augen zuzwinkerte – etwa, wenn wir uns auf den Gängen begegneten oder beim Sport an den Geräten gegenüber voneinander beschäftigt waren. Naja und ganz offen gestanden, fand ich sie auch äußerst attraktiv. Sie war irgendetwas um die vierzig und manchmal hatte ich Angst, dass sie mich vielleicht als ihren neugefundenen Sohn sehen würde. Aber ihre feurigen Haare, ihr Lächeln, ihre Augen … da war ich einfach hilflos. An einem Tag waren die Duschräume der

Frauenumkleidekabine in Reparatur, aber Jayde hatte es äußerst eilig. Ich war gerade dabei, mich abzuduschen und sie fragte, ob es okay für mich wäre, wenn sie schnell denselben Duschraum nutzen könnte. Sie war dabei auf der anderen Seite des Raumes und ich schwöre, ich gab mein allerbestes, nicht hinzusehen, aber ein kleiner Augenwinkel muss sie doch zum Teil eingefangen haben. Ich weiß, es muss superekelig klingen, wie ich hier absolut oberflächlich über sie rede, aber es ging mir einfach nicht mehr aus dem Kopf. Ich glaube, ich hatte noch nie zuvor wirklich eine Frau nackt gesehen. Vor allem keine so attraktive, geschweige denn eine, an der ich Interesse pflegte. Jedenfalls mochte ich sie – auch davon abgesehen – aber die Umstände waren zu kurios, als dass ich ihr das hätte sagen können.

So verging also die Zeit und alles fühlte sich langsam wieder an wie eine Art Alltag. Wir arbeiteten, redeten, spielten, hatten Freundschaften und Familien um uns herum, zeigten Liebesinteresse, speisten Kantinenfutter und lebten.

In einer kalten Nacht ohne Zeugen.

Der Vollmond erleuchtete die Gänge des GSIH fast so sehr wie an einem leicht bewölkten Sommertag. Es war nach Drei. Ein Arzt taumelte schlaftrunken in Richtung des Treppenhauses. Er war gerade zu einer Patientin geeilt, als es Probleme mit ihrem Bluthochdruck gab. Am Ende hatte es sich als Nichtigkeit herausgestellt. Der Arzt war allein und kaum aufmerksam über sein Umfeld. Er bemerkte nicht, dass er bereits seit einigen Minuten verfolgt wurde. Erst als er in das Treppenhaus einbiegen wollte und noch einmal zurück zu dem Zimmer der Mrs.

Terian schaute, erblickte er vage eine unscharfe Gestalt. Sie stand mitten im Gang und blockierte die Sicht auf die hinteren Räume. Dabei bewegte sie sich keinen Deut. Ganz still und reglos stand die Person in einer Art dunklen Robe in dem Flur und starrte dem Doktor nach.

„H-hallo?“ fragte dieser piepsig. Keine Antwort.

„G-geben Sie sich zu erkennen! Ich r-rufe nach der Wache!“ Wieder bekam er keine Antwort. Er wartete noch einen Augenblick. Gerade, als er zum Hilferuf ansetzen wollte, rannte die Gestalt los. Sie sprintete auf ihn zu und ließ die Robe quer durch die Gegend flattern. Der Arzt hüpfte in das Treppenhaus und setzte dort erneut zu einem Schrei an:

„Hil–!“ Dann zerschliss etwas Scharfes seinen Hals. Die Gestalt hatte ihn erreicht und ein Messer über seine Kehle gejagt. Der Schnitt war nicht tief. So fiel der Doktor zwar zu Boden, doch viel mehr aus Schock. Er sollte nicht sofort ausbluten und daran ersticken, aber der Schnitt sollte gerade so tief genug sein, um den Ruf nach Hilfe in seinem Rachen zu ersticken.

Der Mann im Kittel lag auf dem Boden und stierte die Gefahr über ihm mit riesigen, kristallenen Augen an. Er atmete schnell und hektisch, hustete, schwitzte, während sein Vollstrecker in der Robe wieder reglos dastand und abwartete. Dann holte er aus.

Ein Hämmern an meiner Tür riss mich aus dem Schlaf. Locke presste sich hindurch und winkte mich zu ihm.

„Das Sicherheitspersonal wird gebraucht,“ sagte er. Ich sprang sofort auf und warf mich in die Uniform. Lenna, Reid und Asfat, der mittlerweile in unseren Schlafsaal umgezogen war, blieben liegen und schliefen weiter.

Die Sonne war noch nicht einmal vollständig aufgegangen und schon gab es Aufruhr in den Gängen ein Stockwerk über uns.

„Was ist passiert?" fragte ich Locke auf dem Weg.

„Das siehst du gleich selbst. Lass uns erstmal dahin eilen, bevor das ganze Krankenhaus Wind davon bekommt." Wir erreichten das Treppenhaus ein Geschoss weiter oben. An das Geländer gepresst lag eine weitere Leiche. Ein weiterer Mord. Diesmal war jedoch die Masse an Menschen um uns herum wesentlich geringer. Locke und ich standen noch halb auf der Treppe. Dr. Daws und Devert Hayne, ein Kriminalpolizist, der im GSIH stationiert war, befanden sich direkt neben der Leiche, untersuchten sie und tuschelten miteinander. An der Wand gegenüber von uns stand Cillian von der Sicherheit und hielt einen weiteren Polizisten fest. Duane war sein Name. Seine Hände waren in Handschellen gelegt und er kämpfte dagegen an. Neben ihm stand Jayde.

„Ich war es nicht! Verdammt, was soll der Unfug?!" schrie er.

„Fünfundfünzig Stiche," sagte Devert, der plötzlich neben mir stand. Ich schaute auf die Leiche. Ein Mann mit Arztkittel, der vorher wohl mal weiß gewesen sein muss, lag kopfüber auf dem Boden. Seine Beine waren gegen und durch das Geländer gepresst. Sein Körper war vollständig mit Blut ummantelt.

„Wer ist er?" fragte ich. Auf den Gängen war er mir schon einmal entgegengelaufen. Vielleicht hatten wir uns sogar gegrüßt, aber ich kannte ihn nicht.

„Dr. Balderston aus der Nephrologie. Laut einer Patientin hatte er sie spät in der Nacht noch besucht. Dem Stand der Dinge zu urteilen, muss er auf dem Rückweg ermordet worden sein.“

„Mit fünfundfünfzig Stichen?“ hakte ich nach.

„Mit fünfundfünfzig Stichen,“ bestätigte Devert. „Sieben in jedem Arm, zehn in jedem Bein, achtzehn in Brust und Bauch, zwei durch die Augen und einer durch die Schläfe.“

„Und er?“ ich zeigte auf Duane, der offenbar unter Verdacht geraten war.

„Er hatte Nachtwache auf diesem Stockwerk. Zudem wurde Blut auf seinem Messer gefunden. Es ist auch nicht das erste Mal, dass er auffällt. Aber für einen Mörder…“

„Haben er und Dr. Balderston irgendetwas hinter sich? Gab es da mal Konflikte?“

„Gar nicht. Zumindest nicht, dass wir wüssten.“

„Und was passiert jetzt mit ihm?“

„Hoffentlich finden wir bald etwas Wichtiges heraus. Dr. O'Shea möchte ihn verbannen.“

„Verbannen?!“ Dann musste wirklich dringend etwas herausgefunden werden. Ich kannte die Beteiligten nicht. Weder Dr. Balderston, noch Duane. Aber von dem, was ich bisher gehört hatte, war die Beschuldigung vielleicht etwas voreilig getroffen worden. Dennoch fühlte ich mich fehl am Platz. Vermutlich war ich gerufen worden, um aufzupassen, dass niemand an den Tatort geht, dass alles so bleibt, wie es war. Aber ich war kein Kriminalpolizist, kein Detektiv, kein Wasauchimmer.

„Das kannst du nicht machen! Du willst, dass sich das alles mit Tearna wiederholt?! DAS willst du?!“ schrie Duane verzweifelt mitten in Jaydes Gesicht. Sie zeigte sich unbeeindruckt, schaute ihn voller Verachtung an. Irgendetwas machte sie sicher, dass er den Mord begangen hatte. Und jetzt wollte sie ihn verbannen…

Einige Zeit verging. Vielleicht Stunden. Locke und ich deckten den Tatort. Er bewachte den Eingang aus den Fluren, ich die Treppenstufen. Dr. Daws und Kommissar Devert Hayne untersuchten ergiebig den Tatort, befragten ausgewählte Personen und kamen immer wieder auf Duane zurück, welcher in Schellen und Cillians Griff lag. Jayde hatte das Stockwerk verlassen.

Letztendlich lösten Daws und Hayne den Tatort auf. Die Leiche wurde entfernt, das Treppenhaus gereinigt und der Verdächtige verstaut. Wir sollten zu unseren normalen Aufgaben zurückkehren und möglichst nicht über den Vorfall sprechen. Doch etwas ging mir nicht aus dem Kopf: Jaydes Überzeugung, dass Duane wirklich der Täter war. Der Gedanke einer Verbannung. Und dann war da noch dieser Name: *Tearna*. Ich brauchte Antworten. Jaydes Antworten. Es war Zeit für sie, ihr Versprechen einzulösen, denn ich erinnerte mich an den Brief unter den Leichen von Gordon und Ada und dass dieser mit „T.S." unterzeichnet war. „T. für ‚Tearna'?" dachte ich.

Ich klopfte an Jaydes Bürotür und trat ein, ohne auf ein Zeichen zu warten. Wieder stand sie an der Fensterwand und schaute leer in die Ferne. Ihr Whiskeyglas streute heute keine Reflektionen. Alles Licht im Himmel war bedeckt.

„Tearna S.?" Sie reagierte nicht, nahm einen weiteren Schluck. Dann hielt sie das Glas an ihre Stirn. Ich stand dort mehrere

Minuten und schaute ihr dabei zu, wie sie versuchte, ihre Gedanken zu sammeln.

„Sakong," antwortete sie schließlich. „Tearna Sakong." Sie schaute mich eindringlich an. Eine Träne der Verzweiflung schimmerte in ihrem Auge, doch sie wollte sie nicht rauslassen. „Meine eine Entscheidung, die mir den Schlaf zur Hölle macht," beendete sie schließlich. Wieder wartete ich einige wenige Minuten ab und schaute ihr bei dem fruchtlosen Versuch zu, das Geschehene zu verarbeiten.

„Komm mit." Jayde stellte das Glas ab und verließ das Büro. Ich folgte ihr. Der Weg führte nicht nach unten, nicht nach oben, sondern geradezu an das andere Ende des Geschosses, wo eine metallene Schleusentür auf uns wartete. Sie war verriegelt und öffnete sich nur mit O'Sheas Schlüsselkarte. Wir durchtraten die Tür, liefen einen weiteren, kahlen Gang entlang und kamen letztendlich an einer weiteren Tür an. Es war eine Doppeltür, wieder metallen und mit zwei Fenstern aus Sicherheitsglas darin. Auch diese Tür war durch ein Kartenlesegerät geschützt, doch der entsprechende Leseschlitz sah anders aus als bei der Tür davor. Tatsächlich befand sich dort kaum noch etwas dieses Geräts. Das Panel war herausgerissen und zerstört worden, vielleicht zerschossen. Dahinter flackerten Lichter. Der Gang wechselte zwischen tiefschwarzer Dunkelheit und kaltweißem Schein. Mir war so, als würde ich in einer Tür weiter hinten neben verstreuten Dokumenten und umgestürzten Stühlen einen Körper liegen sehen.

„Unsere Intensivstation," begann Jayde und ich spürte, es würde der Start einer längeren Ausführung werden.

KAPITEL 35

„**Tearna** und ich teilen eine lange Geschichte. Es ist so eine typische Geschichte von ‚lange gekannt, dann aus den Augen verloren und schließlich wiedergefunden'. Wir sind zusammen in die Grundschule gegangen und waren ziemlich gute Freundinnen damals. Auch als wir auf der Sekundärschule voneinander getrennt wurden, hielten wir den Kontakt. Das hat sich auch eine ganze Weile hingezogen, bis dann der Abschluss kam. Sie ist unmittelbar danach mit ihrer Familie zurück nach Südkorea, wo ihre Eltern herstammen. Hat dort ihr Studium absolviert. Dabei wurde der Kontakt dann eben immer schwächer, bis er sich letztendlich aufgelöst hat. Ein paar Jahre später ist sie dann zurück nach Kingsland und wie es der Zufall so will, hat es uns beide nach Georgestone verschlagen und ausgerechnet an dieselbe Arbeitsstelle. Und so haben wir uns parallel hochgearbeitet: Ich zur administrativen und politischen Führungsposition des GSIH und sie zur Zuständigen für Sicherheit und Internes. Wir hatten uns also wiedergefunden und begannen, alles aufzuarbeiten. So wurden wir über die Jahre wieder sehr gute Freundinnen und Kolleginnen … bis die Welt begonnen hat, unterzugehen.

Es ging für uns alle viel zu schnell. Für euch da draußen und für uns genauso. Wir mussten sofort eine temporäre Sicherheitszone erschaffen und irgendwie den Großteil unserer Leute überreden, hierzubleiben, statt ihre Familien aufzusuchen, zu fliehen oder sich in Bunkern zu verschließen. Es war das reinste Chaos, glaub mir. Dazu kamen die zahllosen neuen Patienten und

Patientinnen. Etliche wurden verletzt, gebissen, angeschossen. Viele davon kamen auf die Intensivstation, die bei uns wesentlich größer ist als in anderen Krankenhäusern in der Nähe.

Besonders großes Chaos entwickelte sich dann, als Menschen innerhalb unseres Kernteams begannen, unterschiedliche Ansichten zu entwickeln – insbesondere, was ebenjene Intensivstation angeht. Für mich war von Anfang an klar: Alle müssen überleben, sofern möglich. Das war schließlich die Aufgabe, die uns zugetragen worden war.

Leider waren nicht alle dieser Meinung. Eine Gruppe von Mitgliedern des Teams war der Überzeugung, der Intensivflügel würde unverhältnismäßig viele Ressourcen verbrauchen, wobei die wenigsten davon überhaupt noch eine Chance hätten. Sie wollten die Kritischen sterben lassen, forderten die Abschaltung aller Geräte, die Einbehaltung aller Vorräte und Medikamente … und an ihrer Spitze stand Tearna. Sie relativierte es immer wieder damit, es sei das Beste für die Sicherheit und wir würden alle in Gefahr bringen. ‚Ich bin nicht ohne Grund verantwortlich für die Sicherheit im GSIH! Das spielt insbesondere jetzt eine Rolle. Mehr denn je! Und hier ist eine verdammte Sicherheitslücke,‘ betonte sie immer wieder. Zum Glück waren sie nicht in der Mehrheit. Einige Mitglieder des Sicherheitspersonals und eine Ärztin folgten ihr. Vielleicht noch ein paar mehr, aber nicht allzu viele.

Aus anfänglichen Meinungsverschiedenheiten entwickelten sich lautstarke Diskussionen und letzten Endes ein ganzer Aufstand. Die, die von Tearnas Ideen überzeugt waren, marschierten eines Abends gemeinsam durch die Gänge bis hin zur Intensivstation. Ich wusste nicht genau, was sie vorhatten. Vielleicht wollten sie nur Präsenz zeigen, bei anderen Menschen

Überzeugungsarbeit leisten. Vielleicht wollten sie die Kritischen verscheuchen oder sogar töten. Jedenfalls wusste ich, dass es so nicht weitergehen kann. Also schnappte ich mir alle, die mit einer Waffe ausgestattet waren, sowie Dr. James Cavaran, den Oberarzt des GSIH und wir stellten uns vor der Schleuse auf, durch die du und ich gerade gegangen sind.

Als Tearna und Folgschaft ankamen warteten wir bereits auf sie. Die Frauen und Männer um mich herum hoben ihre Waffen von Pistolen bis hin zu Sturmgewehren und zielten auf den Mob. Wir hatten nicht die Intention, tatsächlich zu schießen, aber die Botschaft musste klar werden.

‚Legt euren Kampf nieder,‘ begann ich. Dann fuhr Dr. Cavaran fort: ‚Wir haben eine Aufgabe: Die Sicherung ALLER Menschenleben. Diese wurde insbesondere uns zugetragen: Dr. O'Shea, Ms. Sakong und mir. Es bestürzt mich, dass mit dieser Verantwortung so leichtfertig umgegangen wird, oder wenn ich mir das hier ansehe … sie völlig aus den Augen verloren wird.‘

‚Eure Ignoranz ist unfassbar!‘ entgegnete Tearna dann. ‚Was wir hier tun, IST die Erfüllung dieser Aufgabe! Es IST die Sicherung aller Menschenleben, die eine gottverdammte Chance haben!! Jedes Leben, das wir erfolglos versuchen, dort drinnen zu retten, kostet uns ein Leben, das WIRKLICH eine Chance hatte!!‘ Ihre Wut wandelte sich in Verzweiflung. ‚Über die Hälfte der Verwundeten auf der Intensivstation wurden von diesen Viechern gebissen. Wir haben bisher alles versucht von Antibiotika bis hin zu vollständigen, komplizierten Amputationen und bisher hat NICHTS eine Wirkung gezeigt! Wir wissen nicht einmal, womit wir es zu tun haben und es braucht nur einen klitzekleinen Moment der Aufmerksamkeit, um zu sehen, dass sie uns ALLE unter der Nase wegsterben. Es ist, verdammt nochmal, AUSSICHTSLOS!!'

‚Tearna, wir–,' rief ich noch, aber Dr. Cavaran schritt ein.

‚Ms. Sakong, Sie hören auf der Stelle mit dieser verwahrlosten Ideologie auf, oder ich sehe mich gezwungen, Sie und ALLE, die jetzt hinter Ihnen stehen, gewaltsam aus dem GSIH entfernen zu lassen. Es reicht, die Grenzen sind überschritten. Wir sind ein KRANKENHAUS, Herrgott!' Das Gespräch war damit beendet und Tearnas Gruppe hatte keine andere Wahl, als abzurücken. Dr. Cavaran sah sich siegessicher und auch ich dachte, wir hätten Tearna überzeugen können. Ich mochte es nicht, dass wir den drohenden Weg gehen mussten, aber nichts sonst hatte sie davon abhalten können, Massenmord zu begehen.

Nicht viel später wurde ich von lautem Knallen aus dem Schlaf gerissen. Es waren Schüsse. Die Situation war eskaliert und wieder musste ich mit allen Bewaffneten anrücken. Das Problem dabei war … es waren weniger geworden. Einige von ihnen waren von Tearna überzeugt worden. Wir eilten zu der Schleuse in den Intensivflügel, doch es war bereits zu spät. Dr. Cavaran war erschossen worden. Die Kartenschlitze waren zerstört worden und sollte es doch noch irgendwie reagieren, wurden auch die einzigen Karten zerstört, denn nur Dr. Cavaran und Tearna selbst besaßen eine. Sie ging zusätzlich auf Nummer sicher und ließ uns für vierundzwanzig Stunden einsperren und bewachen. Diese Zeit sollte laut ihr genügen, dass sich der Intensivflügel ‚von allein regeln würde'.

Natürlich konnten wir es dabei nicht belassen. Am nächsten Morgen überraschten wir alle Beteiligten nacheinander und unabhängig voneinander in ihrem Schlaf, entwaffneten und fesselten sie. Auch Tearna. Sie hatten gemordet und mussten dafür büßen.“

„Wie viele starben auf der Intensivstation?“ fragte ich, als Jayde eine Pause in ihrer Erzählung einlegte. Sie runzelte die Stirn, schüttelte ihren Kopf.

„Ich weiß es nicht. Hunderte. Es war ein Massenmord. Und leider hatte sie Recht: Innerhalb eines Tages regelte sich alles von selbst. Deshalb gab es bis heute keine Versuchungen, gewaltsam in den Flügel einzudringen.

Jedenfalls eskortierten wir alle, die wir definitiv Tearnas Gefolgschaft zuordnen konnten in den Vorhof des Krankenhauses. Wir legten ihnen kleine Taschen mit ausreichen Versorgung für ein bis zwei Tage auf den Boden und baten sie, zu gehen. Nein, wir verbannten sie. Ich verbannte sie.“

„Habt ihr ihnen Waffen mitgegeben? Messer?“ Jayde schüttelte den Kopf.

„Nichts,“ sagte sie stimmlos.

„Wie lange ist das her?“

„Das hat sich alles in den ersten zwei Tagen abgespielt.“

„Und … das Gedicht?“ hakte ich vorsichtig nach.

„Tearna will Rache, vermute ich. Sie lebt und möchte, dass wir dafür bezahlen. Der Brief ist ganz klar von ihr. Sie hat das Schreiben schon immer geliebt. Ich habe eine ganze Sammlung von Gedichten in Briefform von ihr, die sie mir in der Jugend zugeschickt hat,“ erklärte Jayde. „Was Gordon und Ada angeht … sie waren Teil meiner Helferinnen und Helfer, die sie nach draußen verfrachten haben. Tearna hat es wahrscheinlich auf uns alle abgesehen.“ Jayde lief Wasser in den Augen zusammen. „Ich wollte nicht, dass das alles passiert. Sie war eine gute Freundin von mir. Ich wollte sie nicht verlieren. Ich wollte ihr das nicht antun. Und jetzt muss ich hier auf stark tun, weil niemand sonst sich an der Spitze sieht, dabei bin ich nichts ohne Vortäuschung!" Sie hielt kurz inne, holte tief Luft. Ich sagte nichts. „Ich wollte alles geben, um diese Leute hier zu schützen und jetzt bin ich nur noch, was von mir erwartet wird. Deshalb wird es Zeit, dass sich die Sache mit Tearna ein für alle Mal klärt."

An einem nassen Ort, wenige Kilometer entfernt.

Wasser tropfte durch die Decke. Nicht nur an einer Stelle. Überall verteilt. Der gesamte Keller war undicht und ebenso war es das Ziegelsteinhaus darüber. Zusammengerückt saßen über zwanzig stinkende Menschen in dreckigen Schlafsäcken, zerrissenen Vliesmatten und löchrigen Planen.

„Bald sind wir raus aus diesem Elend," versprach eine Frau.

„Wir alle hier wissen, dass du im Recht warst, Tearna," sagte ein Mann kaum verständlich, der gerade an einem tagealten Brot knabberte. „Und auch diesmal wirst du Recht behalten. Wir sind alle auf deiner Seite." Sie nickte.

„Noch besser: Nicht nur ihr seid auf meiner Seite. Auch Überlebende innerhalb des Krankenhauses stimmen uns zu. Heute Abend werden sie Überzeugungsarbeit leisten." Ein erstauntes Raunen hallte durch den Kellerraum.

„Dann werden sie sehen, wohin sie ihre zwanghafte Hilfe für eh-schon-Tote hingeführt hätte!" rief eine Stimme aus der hintersten Ecke.

„Ja, lasst es sie spüren!" brüllte eine Weitere. Tearna lächelte siegessicher. Sie strich sich durch die fettig triefenden Haare und stapfte alsbald in quietschend nassen Stiefeln aus dem Keller heraus auf den Teer. Sie stand in der Mitte einer langen, geraden Allee, an dessen Ende – deutlich in Sichtweite – sich das GSIH erstreckte. Es war keine sechshundert Meter entfernt. Sie war sich unsicher, aber meinte, sogar Personen auf dem Dach herumlaufen zu erkennen. „Du wirst der Erste sein," dachte sie und schmunzelte. „Ihr alle werdet dafür büßen."

KAPITEL 36

Asfat streute Radieschensamen aus, Reid den Grünkohl. Lenna klopfte einige Holzbretter zusammen. Ihr Plan war, ein Hochbeet zu bauen, um diverse Kräuter neben dem Gemüsebeet wachsen zu lassen. Derweil zupfte ich das Unkraut, das sich über die Jahre bereits vor der großen Veränderung auf dem Dach gesammelt hatte.

Ich trug noch meine gesamte Vollmontur. Eigentlich sollten Locke und ich auf eine weitere Tour nach draußen. Wir sollten in einer der nahen Industriehallen nach diversen Stoffen schauen, denn auch wenn der Winter noch einige Monate entfernt war, sollte bereits etwas Vorsorge getroffen werden. Niemand konnte mit Sicherheit sagen, ob die Heizanlagen über die kalten Monate angeschaltet werden konnten, also brauchten wir für diesen Fall Alternativen. Locke war dann jedoch von Dr. Daws einberufen worden und nun wartete ich, bis es losgehen konnte. Angeblich gab es neue Beweise, dass die Nachtwache Duane doch nicht an dem Mord an Dr. Balderston beteiligt sein konnte und die Untersuchung wieder von vorne beginnen würden. Zu seinem und auch zu unserem Glück war die geplante Verbannung des Beschuldigten noch aufgeschoben worden. Er saß so lange in einer Art „Untersuchungshaft".

Meine Gedanken an diesem Tag drehten sich fast pausenlos um die Geschichte, die Jayde mir erzählt hatte. Ich hatte wenige Zweifel an der Entscheidung, die sie treffen musste – wäre ich dabei gewesen, hätte ich sie wohl voll und ganz unterstützt. Ich dachte auch weniger an die vielen Opfer, die Tearnas Aktionen gekostet hatten, auch wenn das schrecklich war, gar keine Frage. Viel mehr dachte ich an die akute Gefahr, die dort draußen lauerte. Tearna war auf Rache aus und hatte Gordon und Ada umgebracht. Vielleicht war auch sie beteiligt an den Morden an Mrs. Webber und Dr. Balderston. Das würde bedeuten, dass sie entweder einen Weg gefunden hatte, hier hineinzukommen oder einen Kontakt innerhalb unserer Mauern hatte.

Der Gedanke machte mich paranoid. Ich schaute alle Personen um mich herum ein zweites Mal an, bevor ich an ihnen vorbeilief. Sei es die Ausgabe in der Kantine, Dr. Flores beim Check-Up, die anderen Wachen während der Arbeit oder sogar Lenna, Asfat und Reid, mit denen gemeinsam ich dieses Beet auf dem Dach aufbaute.

„Hey, Lenna," rief eine Stimme durch die Tür zum Treppenhaus. Melissa trat heraus.

„Mom?"

„Ah, hier bist du. Ich wollte dich fragen, ob–" Sie sah mich und unterbrach das Sprechen. „…ob du weißt, wo Julien ist," ergänzte sie. „Julien, würdest du mir bitte folgen?"

„Okay, mir geht's auch gut, danke der Nachfrage, Mom. Wir sehen uns gleich in der Kantine," sagte Lenna trotzig.

Wir verließen das Dach und gingen direkt zum Büro des Sicherheitschefs. Es war ganz anders als das von Jayde. Statt groß, geräumig, warm, mit viel Licht und pompösen Möbeln, war Daws Büro klein, kalt und kahl. Es war vielleicht fünfmal so klein. Ein kleines Fenster zur Nordseite bot gerade so genug Licht, dass ein Blick auf die elektrischen Bildschirme nicht völlig die Augen zerstörte. Der höhenverstellbare Schreibtisch war farblos und charakterlos. Darauf standen lediglich ein Laptop und ein Kästchen mit diversen Kugelschreibern. Gegenüber standen drei ungemütliche Wartezimmerstühle, die nebeneinander kaum zwischen die Wände passten. Einen davon belegte Locke. Dr. Daws deutete auf die beiden leeren Stühle. Melissa und ich setzten uns.

„Dr. Wrestle, möchten Sie, oder…?" begann er.

„Erklären Sie ruhig erstmal die Situation," antwortete Melissa.

„Gut. Mr. Crow, wie sie sicher mitbekommen haben, gab es in den letzten Tagen zwei Morde innerhalb unserer Mauern. Beide wurden nicht einfach erstickt oder erschossen, sondern auf brutalste Weise hingerichtet. Für den zweiten Mord kam zunächst einer der Polizisten infrage, der zu der Zeit zur Nachtwache gemeldet war. Diese Idee mussten wir leider verwerfen. Er hat für beide Morde ein Alibi: In der Nacht, in der Mrs. Webber verstarb, war er gemeinsam mit Randy am Tor stationiert. In der Nacht des zweiten Mordes konnte von mehreren Seiten bestätigt werden, dass er gemeinsam mit einer Krankenschwester und einer Patientin, nun ja, beschäftigt war. Welche Konsequenzen das jetzt für seine Rolle als Sicherheitsperson mit sich zieht, sei erstmal dahingestellt. Was die Leichen angeht…" Er schaute Melissa an und erwartete ihre Ausführung.

„Wir haben die letzten Tage damit verbracht, die beiden Körper – soweit es uns möglich war – zu untersuchen und Bluttests durchzuführen. Wir konnten so feststellen, dass beispielsweise das Blut an Duanes Messer von keiner der beiden Leichen stammt. Wahrscheinlich eher von einem der Monster außerhalb. Was wir jedoch feststellen konnten, ist, dass das Blut beider Opfer eine hohe Menge intensivster Schmerzmedikamente aufwies. Wir gehen davon aus, dass beide Opfer diese vor dem Mord verabreicht bekamen und den eigenen Tod in einem ganz anderen Zustand wahrnahmen. Das bedeutet allerdings…“

„Das bedeutet,“ grätschte Daws ein, „dass jemand an den Morden beteiligt sein musste, der oder die Zugriff auf diese Form und Menge an Medikamenten besitzt. Dafür kommen nicht viele Personen infrage. Außerdem…“ Er hantierte etwas an seinem Laptop herum, dann drehte er diesen zu uns. Auf dem Bildschirm war ein Foto zu sehen von dem Gang, in dem der Mord an Dr. Balderston vonstattenging. Darauf war eine Person mit eher männlicher Statur zu erkennen, wenn auch zu undeutlich, um dies mit Sicherheit sagen zu können. Die Person stand mit dem Rücken zur Kamera und trug eine dunkelbräunliche Robe. In der Hand leuchtete ein langes, scharfes Messer auf.

„Was zur Hölle?“ hakte Locke ein.

„Exakt. Ein Patient konnte dieses Foto unbemerkt nehmen. Ich werde seinen Namen vorerst für mich behalten. Doch das alles deckt sich mit Zeugenaussagen vom ersten Mord. Auch hier berichtete ein Patient von einem Mann in Robe, der in der Nacht durch die Gänge schlenderte.“ Da waren wir wieder in dem Punkt angekommen, der mich so paranoid machte: Es drohte eine Gefahr innerhalb des Krankenhauses. Ob in Verbindung zu Tearna dort draußen oder nicht, das spielte keine Rolle. Alles, was Kian sagte, hallte in meinem Kopf wider. Ich plädierte immer auf die „Sicherheit“ des GSIH als Hauptgrund für unser Bleiben. Doch war es nun wirklich so sicher hier drinnen? Oder war es trotz der Morde und Feinde … dennoch sicherer hier als dort draußen?

Die Tür zu Daws Büro platzte auf. Dr. Flores stürzte hinein, panisch nach Luft schnappend und völlig durcheinander.

„Ronald! Melissa! Wir brauchen Sie sofort! Wir bauchen ALLE Hände, die helfen können SOFORT!!"

Binnen weniger Minuten verwandelte sich das gesamte GSIH in das reinste Chaos. Aus allen Türen und Gängen rannten Bewohner und Bewohnerinnen des Krankenhauses von A nach B, um irgendetwas zu holen, irgendwo zu helfen oder nach irgendwem zu rufen.

„Was zum Teufel ist hier auf einmal los?!" rief ich Dr. Flores hinterher.

„Wir wissen's nicht genau," schnaufte sie, während wir eine Etage nach unten und den Gang hinunterrannten. „Einer Schar von Personen ging es plötzlich tierisch schlecht. Einige von ihnen befinden sich in einem kritischen Zustand."

„Wer?!"

„Unterschiedlich. Viele Patienten, viele Patientinnen, aber auch ein Arzt, Dr. Woods und Inspektor Hayne und Duane aus dem Sicherheitspersonal. Anscheinend…" Sie zögerte.

„Anscheinend was?!"

„Es sieht so aus, als wären alle von ihnen innerhalb der letzten Stunde in der Kantine gewesen."

„Eine Vergiftung etwa? Sind ALLE, die gerade in der Kantine waren, in dem Zustand?" grätschte Melissa ein.

„Die meisten, ja." Melissa griff nach der Schulter von Dr. Flores und brachte sie zum Stoppen.

„WO ist meine Tochter?!" fragte sie eindringlich. „Verdammt," dachte ich. Sie hatte Recht. Lenna hatte auf dem Dach erwähnt, sie wolle in die Kantine gehen und dort auf Melissa warten. Melissa rannte davon, ohne ein weiteres Wort zu sagen.

Wie bereits erwähnt: Das GSIH verwandelte sich in das reinste Chaos. Alles war völlig chaotisch, eine einzige Katastrophe. Um die vierzig Leute waren betroffen. Zum Glück hatten einige von ihnen nur starke Kotzkrämpfe, Durchfall oder Schwächeanfälle und waren bettlägerig. Sie mussten auch versorgt werden, aber schwache Medikamente genügten und keine Aufsicht war notwendig. Darunter befand sich auch Asfat, der die nächsten Stunden auf der Toilette verbringen sollte.

Ebenso einfach waren die, die sofort daran verstarben. Ich weiß, das klingt grausam und in diesem Moment war es alles andere als leicht für mich, zu verdauen, dass das GSIH weitere Todesopfer forderte. Rückblickend jedoch machte es die Situation etwas einfacher.

Die eigentliche Schwierigkeit lag nämlich bei jenen Personen, die sich in kritischem Zustand befanden. Was auch immer es war, das die plötzliche Erkrankung auslöste: Es traf einen großen Teil heftig. Die Krämpfe verwandelten sich in ein Ausscheiden von Blut, egal ob oben oder unten heraus. Die Schwächeanfälle wurden zu Ohnmachtsattacken, gefolgt von heftigen Anfällen mit rasenden Herzen. Einige von ihnen verfielen in eine Art Schockkoma und mussten dringend intensivbehandelt werden. Bei anderen wiederum hörten die Attacken nicht auf.

Ich erreichte das Zimmer, in welchem Lenna untergekommen war. Sie gehörte nicht zu jenen, die es leicht wegsteckten. Melissa war kurz vor mir eingetroffen und hatte sich bereits voll ausgestattet, hörte das Herz ab, tastete einige vitale Organe ab. Ihre Tochter hing nur halb bei Bewusstsein über der Bettkante. Die

Augen waren einen kleinen Spalt weit aufgerissen. Sie ächzte und stöhnte und rollte sich unruhig von einer Seite der Liege zur anderen.

„Schön bei mir bleiben, Maus," flüsterte Melissa ihr zu, als sie ein kaltes, nasses Tuch auf ihre Stirn legte und sie an der Schulter streichelte. Sie drehte sich zu einer der Krankenschwestern um, gab ihr Anweisungen mit Begriffen für Medikamente, die ich mir im Leben nicht hätte merken können, und verfinsterte ihren Blick. Noch bevor sie davon etwas verabreichen konnte, rüttelte das Bett plötzlich neben ihr.

Lenna begann, sich schlagartig zu bewegen. Sie riss ihre Augen weit auf und drückte ihre Brust nach oben. Sie schlug die Arme zur Seite, schrie in sich hinein.

„Syntha!" Melissa rief die Krankenschwester zu sich heran. „Sie hat einen Krampfanfall! Ich brauche dich sofort hier!" Die beiden entfernten sofort alle Gegenstände und Kabel, die sich auf und um das Bett herum befanden. Für einige Sekunden schauten sie Lenna nur dabei zu. Ich stand hinter ihnen und wollte eingreifen, aber Melissa drückte mich zurück.

„Nicht eingreifen, sie muss—"

„Tut doch was!" schrie ich. Meine gute Freundin drückte sich abwechselnd nach oben und grub sich in die Matratze ein. Sie warf die Arme in die Luft und hämmerte sie nach unten. Sie gröhlte und ächzte. Tränen flossen ihre Wangen hinunter. Dann verstummte ihre Stimme, aber die Krämpfe stoppten nicht. Ihr Gesicht lief erst rot, dann blau an.

„Syntha! Die Geräte!" Die Krankenschwester sprang sofort auf.

„Julien! Das Antikonvulsivum!"

„Anti-was?!“

„Verdammt, die rote Ampulle!“ Sie zeigte auf einen der Schränke hinter mir, in welchem sich diverse Dosen mit Pillen, Ampullen mit Flüssigkeiten und Tablettenfilme befanden. Leider gab es auch mehr als eine rote Ampulle. Zonisamid … Vigabatrin … Mesuximid … Topiramat … Carbamazepin … ich war völlig überfordert!

„Die ganz rechts, GOTT VERDAMMT!!“ schrie Melissa aufgebracht. Ich griff nach der Ampulle und sprintete zurück zu ihr. Sofort befüllte sie eine Spritze damit und verabreichte sie ihrer Tochter. Zu sehr fühlte ich mich an Donna erinnert, als sie gebissen worden war und wir alles Mögliche versuchten, bis sie am Ende in unseren Armen verbluten musste. Doch Lenna war gesegnet: Sie hatte diesen Anfall nicht dort draußen. Sie war in einem Krankenhaus. Ihre Chancen standen besser. Zum ersten Mal seit Tagen war mir wieder bewusst, warum ich ein Krankenhaus als sicher empfunden hatte und bleiben wollte. Selbst wenn es hierzu überhaupt nicht gekommen wäre, hätten wir das GSIH gemeinsam mit Kian und Ricard verlassen. Es dauerte nur wenige Sekunden, da beruhigte sich der Anfall langsam wieder und Lenna begann, ihre Hautfarbe zurückzugewinnen. Sie wurde dennoch an ein Beatmungsgerät angeschlossen und befand sich unter konstanter Beobachtung. Ich glaube, sie sogen anschließend noch ihren Magen aus und führten diverse Bluttests durch oder dergleichen – ich verstehe davon wirklich nicht viel, aber anscheinend war sie vergiftet worden, so wie viele andere auch.

Asfat hatte Glück. Lenna auch. Beide sollten innerhalb der nächsten Tage wieder stabil werden, so Melissa.

Nicht alle hatten dieses Glück. In diesen Stunden des Chaos verstarben fast dreißig Menschen im GSIH – und ebenjenes Chaos sollte hier nicht enden.

„Gesamtes … Sicherheitsteam … sofort … Tor," krächzte eine Stimme durch das Handfunkgerät an meiner Uniform. Er stockte und atmete schwer zwischen jedem Wort, hustete abschließend.

Locke, Cillian, Daws, ich und zwei Soldatinnen – die wenigen, die nicht von der Vergiftung betroffen waren, die wenigen, die noch übrig waren – erreichten fast zeitgleich den Vorhof des Krankenhauses. Von dem Tor war nicht mehr viel zu sehen. Der Zaun war samt Stacheldraht heruntergerissen worden. Nichts davon stand mehr aufrecht. Die Drähte lagen plattgewälzt auf dem Boden, teilweise auseinandergerissen. Schilder, die daran hingen, Kisten, die dahinter standen, waren über den gesamten Hof verteilt. Lediglich der Checkpoint-Container, in dem die Torwachen die Waffen lagerten und sich gegebenenfalls ein paar Minuten ausruhen konnten, stand noch. Daran gelehnt lag ein Mann.

„Randy!" brüllte Locke neben mir und rannte in seine Richtung. Wir folgten sogleich.

„Randy, was ist passiert?!" fragte Cillian. Randy, der am regelmäßigsten von uns allen die Stelle als Torwache besetzte und heute allein dort draußen war, lag am Boden und blutete aus dem Bein. Es war eine Schusswunde. Von all diesem Chaos, was vor dem Krankenhaus stattgefunden haben muss, hatte niemand etwas mitbekommen. Alle waren zu abgelenkt von den Problemen innerhalb.

„Tearna … sie ist zurück,“ erklärte der Soldat. „Sie kam mit Trucks und einer Menge Leute her, haben den ganzen Zaun plattgefahren. Einer von ihnen hat mir ins Bein geschossen. ‚Für das Drama,‘ hat er gesagt.“

„Tearna?! DIE Tearna?!“ schrie eine der Soldatinnen hinter mir hysterisch.

„Was wollte sie?“ Dr. Daws schaltete sich ein.

„Sie wollte sich ankündigen.“ Randy stoppte kurz und saß eine Welle von Schmerz aus, die sein Bein durchfloss. Dann fuhr er fort: „Sie kommt in vierundzwanzig Stunden zurück. Bis dahin sollen wir entweder verschwunden sein oder sie sorgt dafür, dass wir es sein werden.“

KAPITEL 37

Reid Gates. Er stand gelehnt an das Fensterbrett des Schlafsaals, in welchem nur noch er und Julien verweilten seit Asfat und Lenna am Vortag verlegt worden waren, doch auch Julien war nicht anwesend. Er schaute durch das breite Glas heraus zum Fort Kenning Park, dem einzigen Stück Grün im Industrieviertel Georgestones.

„Bald ist alles vorbei," flüsterte er vor sich her. Er kannte Tearna. Als er als Sekretär im GSIH arbeitete, hatte er regelmäßigen Kontakt zu ihr – nicht freundschaftlich, aber er erfüllte Aufgaben für sie und bearbeitete ihre Dokumente. Reid wusste, dass sie niemals halbe Sachen machte und etwaige Konsequenzen in Kauf nahm. Er wusste, sie würde mit allen Leuten und Waffen anrücken, die sie auftreiben konnte. Er wusste, sie würde sich nicht umstimmen lassen. Er wusste, sie müsse entweder sterben oder das GSIH würde ihr gehören.

Ob das nun die wahrlich schlechtere Option gegenüber O'Shea war, das wusste er nicht. Er kannte beide unter dem Kommando von Dr. James Cavaran und hielt beide für kompetent, doch er erkannte beide nicht mehr wieder. Zu viel hatte sich verändert. Reid hatte ein gutes Verhältnis zu O'Shea, doch seit seiner Rückkehr in das GSIH hatte er nur einmal, vielleicht zweimal mit ihr gesprochen. Den Rest der Zeit verbrachte er mit Dr. Woods und allein in seinem Zimmer, um so schnell wie möglich das Laufen wieder zu erlernen. Seine eigene Position, seine eigene Relevanz hatte sich zum schlechteren gewandelt. Seit er im Rollstuhl saß, fühlte er sich wie Ballast. Daran sollte sich bald etwas ändern. Es sei denn, er würde sein Leben an diesem Tag geben. An diesem Tag, an dem Tearna anrückte…

Asfat Kinshandus. Er hing über dem Porzellan des Toilettendeckels. Sein Magen hatte sich ein letztes Mal nach oben heraus geleert. Schon bald würde die Vergiftung schwinden und sein Körper würde wieder neue Kraft schöpfen können. Dennoch war für Asfat Bettruhe angesagt, für mindestens zwei weitere Tage. Sollte es einen gewaltsamen Konflikt zwischen den GSIH und Tearna geben, wäre er nicht für den Kampf vorgesehen. Das konnte er auch gar nicht, selbst wenn er sollte. Asfat war Pazifist durch und durch. Würde das Krankenhaus also überrannt werden, sehe es schlecht um ihn aus. Tearna hatte bereits dafür gesorgt, dass Menschen ihr Leben ließen, die nicht völlig gesund waren. Sie würde sicher auch ihn töten, dachte Asfat. Er dachte es nicht wirklich, er machte sich nur Sorgen, dass es dazu kommen konnte. Er redete sich ein, keine Zweifel daran zu haben, dass O'Shea und der Sicherheitstrupp um sie herum die Gefahr niederschlagen konnten. Zweifel hatte er dennoch. Es konnte dazu kommen, dass sie verlieren würden. Und selbst wenn sie es nicht würden – welche Chancen gäbe es, dass gar kein Blut vergossen würde? Dass niemand sterben müsse? Die Wahrscheinlichkeit ging gegen Null. Das wusste Asfat. Vielleicht musste er sich auch deswegen durchweg übergeben.

Asfat senkte seinen Kopf und schaute in sein eigenes Spiegelbild im Toilettenwasser. Er lächelte.

„Es wird schon alles gut werden," sagte er zu sich. „Und wenn nicht, dann sehen wir uns bald wieder, Christopher, David, Donna, … Dad."

Lenna Wrestle. Sie lag reglos in ihrem Bett und schlief. Ihr war ein intravenöser Zugang gelegt worden, sie hing am Tropf. Zur Sicherheit war auch ein Beatmungsgerät eingeschaltet worden. Sie stand unter durchgängiger Beobachtung. Lenna war eine der wenigen, die die Vergiftung in einen kritischen Zustand gebracht hatte, aber noch am Leben waren. Sie war auf dem Weg zur Besserung, aber noch einige Tage davon entfernt.

Der Unterschied zu Asfat lag besonders darin, dass sie kaum darüber nachdenken konnte. Sie machte sich nicht einfach Sorgen, was passieren konnte. Sie bekam nicht einmal mit, dass ein Konflikt bevorstand. Lenna war in einem Zustand, in dem sie nicht realisieren konnte – selbst, wenn sie wollte – dass ihr sicherer Tod bevorstand, würde Tearna an diesem Tag das GSIH übernehmen.

Stattdessen träumte sie. Darin stand Lenna mitten in der Dachgeschosswohnung ihres Vaters in North Penseria. Sie wühlte in ihrem Schrank, dessen Schubladen zu einem Drittel befüllt waren mit Videospielen, einem weiteren Drittel mit Fitnessgeräten und dem restlichen Drittel mit Sexspielzeugen und selbstgeschossenen Polaroids. Sie kramte ein Foto heraus, das Jahre alt war. Darauf zu sehen waren sie selbst, Melissa und ihr Vater. Lenna war noch ein Kind, als sie das erste Mal eine eigene Kamera geschenkt bekommen hatte und als ihre Eltern noch nicht geschieden waren.

Diese Zeiten wünschte sie sich oft zurück. Sie konnte nie ganz verstehen, warum die Trennung stattgefunden hatte. Melissa und ihr Ex-Mann hatten Lenna nie wirklich eingeweiht. „Es ginge nicht anders, beruflich gesehen," behaupteten sie anfangs. Dann erst kamen die offensichtlichen Zeiten: Die Scheidung, das Abhängen gemeinsamer Fotos und letztendlich auch das schlechte Reden übereinander. Lenna bestand darauf, in North Penseria bleiben, denn auf keinen Fall wollte sie ihre Freunde und Freundinnen zurücklassen. So war es unabdinglich, dass sich der Kontakt zu ihrer Mutter langsam, aber sicher verflüchtigte – bis sie sich zum Ende der Welt wiederfanden.

Doch von den Tagen der Trennung träumte Lenna nicht. Sie träumte von dem Bild der gemeinsamen Zeiten und davon, dass sie alle wieder zusammenfinden würden…

Dr. Melissa Wrestle. Sie saß am Bett neben ihrer Tochter und schaute ihr beim Träumen zu, während sie mit dem anderen Auge die Geräte beobachtete. Eine kleinste Veränderung und sie wäre sofort in Bereitschaft, einzugreifen. Die Gesundheit Lennas hatte nun absolute Priorität für sie.

Anders als ihre Tochter, wusste Melissa genau, was bevorstand und was die möglichen Ausgänge für Lenna bedeuten würden. Deswegen musste sie, soweit es möglich war, dafür sorgen, dass Lenna überleben würde – egal, wie der nächste Tag aussehe. Auch sie dachte zurück an die alten Zeiten und an ihren früheren Ehemann. Weniger jedoch aus Trauer oder Hoffnung. Sie fühlte einen Deut von Reue, dass Lenna an diesem schwierigen Tag nicht beide Teile ihrer geliebten Eltern um sich haben konnte. Doch Melissa fühlte sich auch glücklich, dass zumindest sie nun bei ihrer Tochter sein konnte. Sie fragte sich auch, ob Lennas Vater überhaupt noch am Leben war, doch schlug sich den Gedanken gleich wieder aus dem Kopf. Solche Überlegungen durften ihren Geist jetzt nicht trüben.

Als alles um Lenna herum stabil wirkte, überließ sie Syntha die Verantwortung und entfernte sich aus dem Zimmer. Für sie war klar, sie würde kämpfen. Auch wenn sie als Ärztin gebraucht wurde, war sie eine der wenigen im GSIH, die gerade topfit waren. Sollte ein Kampf ausbrechen, bräuchte O'Shea alle um sich herum, sie dazu in der Lage waren.

Die nächsten Stunden verbrachte sie damit, gemeinsam mit Cillian und Dr. Daws Fallen und Barrikaden im Vorhof aufzubauen. Dafür räumten sie alle Lager leer, verteilten übrige Stacheldrähte, stapelten Sandsäcke und auch der militärische Waffenvorrat sollte hilfreich werden: Sprengsätze, kugelsichere Westen, Einsatzschutzschilde.

Locke Narshe. Seine Hand verkrampfte, doch ein paar Minuten Pause und gehäuftes Ausschütteln löste das Problem. „M1911, 4 Stück, 3 verschiedene Ausführungen, top Zustände … Luger Pistole 08, 1 Stück, rostend," flüsterte er vor sich hin, während er Kreuze auf endlosen Listen setzte. Locke machte eine Bestandsaufnahme aller Waffen und füllte die Magazine der meisten davon mit Patronen aus den Militärvorräten. Sie saßen in dem Arbeits- und Schlafzimmer von Nia, einer der Soldatinnen des kingsländischen Militärs. Sie nahm die Waffen aus den Kisten, zerlegte sie in ihre Einzelteile und reinigte die elementarsten Bausteine. Dann schob sie die Kampfwerkzeuge auf die andere Seite des Schreibtisches, wo Locke saß, der diese dann abhakte.

Mehrfach versuchte Locke, Nia näher zu kommen. Sie waren etwa im selben Alter, um die dreißig und beide waren körperlich fit und trainiert. Er dachte daran, dass es der letzte Tag für sie sein konnte und beide hatten keinen Geschlechtsverkehr mehr seit dem Untergang der Zivilisation. Locke wollte es noch einmal genießen, doch Nia wies ihn zurück.

„So verzweifelt bin ich nicht. Ich schlaf sicher nicht einfach so mit einem Typen wie dir, nur weil du dir vielleicht eine Kugel einfängst," sagte sie schließlich und beide schwiegen für den Rest des gemeinsamen Arbeitens. Sie war stinksauer auf ihn, schließlich hatte er sie in der Angst und Verzweiflung als reines Sexobjekt erkannt.

Damit verspielte er seine Chancen, die gar nicht so gering gewesen wären. Nia hatte tatsächlich Interesse an Locke gehegt, doch dieser Tag zeigte ihr, in welche Richtung sich das entwickelt hätte. Sie war also glücklich, dies nicht länger verfolgt zu haben.

Locke hingegen schmollte. Es funktionierte für ihn nicht mehr, wie es vielleicht noch auf dem College lief. Am Ende entschied er sich doch dazu, auf der Toilette zu masturbieren, bevor Tearna kommen würde.

Einundfünfzig Faustfeuerwaffen, siebenunddreißig Gewehre und Flinten, neunzig Nahkampfwerkzeuge zählte die Liste. Nur waren nicht genügend Menschen im GSIH, die trainiert waren, diese Menge an Waffen für die Verteidigung zu führen.

Dr. Jayde O'Shea. Sie stand neben mir und tippte den Tages-Code auf dem Pad ein. 72-900. Wir hatten zuvor Zeit in ihrem

Büro verbracht, tranken gemeinsam ein Glas Whiskey. Eigentlich waren es zwei. Zwei Gläser Whiskey. Sie erkannte, wie nervös ich war. Man konnte meinen, ich war mittlerweile Konflikte dieser Art gewohnt. Schließlich hatten wir Axton und Filippo hinter uns. Aber nein, da war keine Gewöhnung zu spüren, zumal die Aussichten auf eine friedvolle Lösung von Mal zu Mal geringer wurden. Heute gab es kaum Hoffnung darauf.

Jayde hatte mich überredet, eine sogenannte „S-Einheit" in Anspruch zu nehmen. Sie selbst könne auch eine gebrauchen, behauptete sie. „Was soll das sein?" hatte ich sie gefragt und sie erklärte mir, dass es ganz uneinfallsreich für „Spezialeinheit" stehen sollte. Gemeint war eine professionelle Massage mit weiteren Wellnesselementen: Sauna, Pool und Gesichtsmasken. Dafür war sogar geschultes Personal vorhanden, doch da dieses überwiegend aus Krankenhauspersonal bestand und die Ressourcen für den Spa-Bereich rar waren, wurde die „S-Einheit" nur in äußerst seltenen Fällen vergeben.

Diesmal sollte die Einheit besonders besonders werden. Als wir den Kellerbereich betraten, schickte Jayde das Personal nach oben. Sei seien wo anders gebraucht, behauptete sie. Dann drehte sie sich zu mir.

„Heute lässt du dich in meine Hände fallen," erklärte sie. „Ich bin auch gelernte Masseuse und so weiter." Sie lächelte mich an. Das Lächeln war anders als sonst. Es war intensiver, wärmer. Es fühlte sich final an. Aber es fühlte sich so gut an.

Der Wellnessbereich war kaum beleuchtet, anders als zu normalen Öffnungszeiten des Krankenhauses. Das Licht wurde auf ein atmosphärisches Dimmen reduziert, das zumindest in meinen Augen zum Herunterkommen beitrug. Der Raum war ufoartig geformt. Die Haupthalle sah demnach aus wie eine Hemisphäre, fast wie ein Ellipsoid. Die Wände waren in einem steinigen hellgrau, vereinzelt verziert mit rot-orangenen Bemalungen. Die Wand war im oberen Drittel geteilt durch Holzverzierung, von der aus sich hübscheste grüne und rote Ranken unregelmäßig um den gesamten Raum herum zogen. In der Mitte stand ein marmorfelsiger Ring, in welchem normalerweise die Rezeption stationiert war. An den Rändern des Raums waren drei große Zylinder verteilt, die vom Boden bis an die Decke ragten. Darin sollten die einzelnen Spa-Stationen sein.

Wir betraten zunächst de Linkesten, in welchem der Massage-Bereich war.

„Bitte leg deine Kleidung ab, Julien," trug mir Jayde sanft auf. Also zog ich mich aus und legte alle Kleidungsstücke ordentlich zusammen auf einen Hocker neben dem Eingang. Nur meine Unterhose, die dasselbe steinige Hellgrau wie die Wände trug, behielt ich an.

„Alles," ergänzte sie leicht schmunzelnd. Ich legte mich völlig entkleidet auf die schwarze Liege. Jayde holte eine dunkle Glasflasche aus einem der Schränke und begann, mich ausgiebig einzuölen. Überall. Dann legte sie los, mich zu massieren. Ausgiebig. Überall. Sie drückte meine Schultern, knackte meinen Rücken, zog an meinen Armen und dann begann sie, an mir zu reiben, langsam und mit festem Griff. An diesem Punkt waren wir über eine Massage hinaus.

„Bitte leg meine Kleidung ab, Julien," hauchte sie. Gemeinsam zogen wir sie aus bis auf das letzte Kleidungsstück. Sie goss mir einen Schuss Öl in die Hand und während sie noch neben mir stand und an mir rieb, salbte ich sie ein. Das war nun mein

Kommando, sie zu zurückzumassieren. Ihre Hüften, ihren Hintern, ihre Brüste, ihre Schultern, ihren Nacken, ihre Wangen, ihre Lippen. Ich küsste sie und setzte sie auf mich. Wir spürten uns für einige Zeit. Dann drehten wir uns und es wurde schneller und stärker. Ihre orange-roten Haare fielen die Liege an den Seiten hinunter und tanzten wie Feuer über Kopf, als die Luft brannte. Niemand würde hören, wie wir hier unten schrien und kämpften. Es dauerte eine unvergessliche Ewigkeit und ich kam auf ihr. So intensiv hatte ich es mir im Leben nicht erträumen können, aber vielleicht hatte ich einfach Glück für das erste Mal.

Wir spülten uns ab und gingen zum zweiten Bereich über. Die Sauna erhitzte auf neunzig Grad, doch wir brachen nach zehn Minuten ab. In der Sauna hatten wir nicht aufhören können, uns gegenseitig anzustarren, von oben bis unten zu bewundern.

Also hüpften wir direkt in den dritten Spa-Bereich, den Whirlpool, und hatten ausgiebigen Sex. Zweimal mit einer Pause dazwischen. Das erste Mal war sehnsüchtig hart, laut, wild. Das zweite Mal leidenschaftlich sanft und liebevoll. Wir küssten uns und küssten uns, kosteten jede Sekunde aus, die uns friedlich zusammen blieb. Ich wünschte, die „S-Einheit" hätte nie zu Ende gehen müssen, doch irgendwann holte uns die Realität ein: Bald würde ein Kampf beginnen und sie würde vor unseren Toren stehen.

Tearna Sakong.

KAPITEL 38

20:04 Uhr sagte die Zeitanzeige in dem Empfangssaal des GSIH. Die Abenddämmerung stand bevor und bisher gab es kein Zeichen von Tearna oder ihrer Gruppe. Wir alle hatten uns bewaffnet und stationiert. Wir alle waren bereit. Niemand flirtete mehr, niemand trauerte mehr, niemand hatte mehr Geschlechtsverkehr. Wir beobachteten. Wir warteten.

Ich stand in der Vorhalle des Krankenhauses. Es war die letzte Station vor den sicheren Innenräumen, seit die Zäune eingerissen worden waren. Neben mir wachten auch Jayde, Reid und Cillian, sowie mehrere Bewaffnete, deren Namen ich nicht kannte, dort. Alle, die nicht mit an den Toren warteten, beobachteten die Gegend aus den Fenstern aller Stockwerke heraus. Auch an der Rückseite des GSIH waren Personen mit Waffen stationiert.

„Wie ist der Plan?" fragte Reid. „Sollen wir sie einfach … über den Haufen ballern oder versuchen wir, mit ihr zu sprechen?"

„Wir werden reden, aber es wird zu wenig führen," sagte Jayde, die aus unserem gemeinsamen Tag neue Kraft geschöpft hatte. „Im besten Fall können wir ihre Gefolgschaft überreden, sich da herauszuhalten. Vielleicht finden wir mit ihnen einen Kompromiss. Mit Tearna wird es dazu nicht kommen, denke ich." Reid nickte und überprüfte noch einmal, ob das Magazin seiner Pistole vollständig gefüllt war. Weitere Minuten vergingen, doch jede Sekunde zog sich wie eine Stunde. Es war erst 20:23 Uhr, als bereits Tage in meinem Kopf vergangen waren.

„Kontakt. Ich zähle achtundzwanzig und zwei Trucks. Alle bewaffnet. Direkt voraus," teilte uns die Soldatin Nia über Funk mit. Dann sah ich es auch. Es war dieselbe Straße, die Kian, Locke und ich erst kürzlich hinunterpatrouilliert waren – kurz bevor wir Gordon und Ada gefunden hatten – auf der nun eine beachtliche Gruppe bewaffneter Menschen und Fahrzeuge aufmarschierte.

Ich fühlte mich zurückversetzt an den Tag auf Green Mountain, als wir gemeinsam mit Henry zum Casa Padronale schritten. Da hatten wir Angst und Sorgen, was passieren würde und ob es eskalieren könnte – ob Tearna und ihre Gruppe auch ängstlich waren? Sie konnten doch nicht nur hasserfüllt sein?

Dann kamen sie zu einem Halt. Die Personen, die bisher in den Trucks gesessen hatten, stiegen aus. Nun standen dreiunddreißig schwer bewaffnete Männer und Frauen vor den Toren des GSIH. Sie verteilten sich über den gesamten Vorhof und hoben ihre Waffen. Alle von ihnen.

An ihrer Spitze stand Tearna Sakong, zumindest meinte ich, sie als diese zu erkennen.

Ich hatte sie zuvor noch nicht in Person gesehen oder von irgendjemandem beschreiben lassen, wie sie aussah, doch ich erkannte ein Gesicht, das auf einem der Fotos in Jaydes Büro abgebildet war. Zudem passte die Beschreibung, dass ihre Eltern aus Südkorea stammen würden.

In der Mitte der Menschenmenge, wenige Meter näher am Krankenhauseingang stand eine Frau mit dunklen, zu einem Dutt zusammengebundenen Haaren und schaute grimmig direkt durch den Türbogen. Die Sonne der Abenddämmerung flackerte an dem goldenen Reißverschluss ihrer Lederjacke. Als einzige ihrer Gruppe richtete sie ihr schweres Sturmgewehr nicht auf uns. Der Lauf richtete sich gen Himmel.

„Das ist sie," flüsterte Jayde zu mir. „Nur die Narbe ist neu." Tearnas Gesicht schmückte verwachsener Schnitt, der von der Spitze ihrer Stirn bis über ihr linkes Augenlid reichte.

Auf Jaydes Kommando rückten wir aus. Viele von uns, die gerade noch in der Eingangshalle standen, formierten sich auf dem Vorplatz neu. Sie positionierten sich hinter den gestapelten Sandsäcken und zwischen den Holzbarrikaden. Reid blieb innen an der Rezeption zurück. Cillian und ich stellten uns an den Rahmen der Haupteingangstür und schauten auf das Geschehen.

Wir alle waren bewaffnet und beide Gruppen zielten aufeinander.

„Wünscht mir Glück," sagte Jayde ein letztes Mal, bevor sie unbewaffnet das Gebäude verließ und in Richtung ihrer alten Freundin aufbrach. Wir schauten uns nicht wieder an.

„Jayde O'Shea!" rief Tearna. „Die Lebensretterin und Samariterin höchstpersönlich. Na, schau mal einer an."

„Tearna…"

„Ihr habt das Krankenhaus nicht verlassen. Ihr seid geblieben. Das überrascht mich nicht, aber es macht die Sache komplizierter. Unschöner." Sie verfinsterte den Blick und biss sich auf die Lippe. „Ich möchte den meisten hier nicht wehtun. Aber das GSIH wird ab heute wieder uns gehören." Niemand ließ sich beeindrucken von dem, was sie sagte. Wir beobachteten und hielten weiterhin unsere Waffen auf sie und alle um sie herum.

Es war eine gemischte Truppe hinter ihr. Da waren Menschen, die aussahen, als hätten sie Angst. Menschen, die wirklich dringend in das Krankenhaus wollten, um Schutz zu finden. Menschen, die dort draußen jede Sekunde um ihr Leben fürchteten. Da waren aber auch Personen, die blutrünstig aussahen. Sie grinsten dreckig, hielten ihre Finger freudig an den Abzügen und machten spaßeshalber Bewegungen in der Luft, als würden sie uns die Köpfe wegblasen. Sie wären die ersten, auf die ich schießen würde, sollte es wirklich zu einem blutigen Konflikt kommen.

Jayde schritt weiter an Tearna heran und diese auch an das Krankenhaus, bis beide nur noch weniger als drei Meter voneinander entfernt standen zwischen zwei Kisten, die mitten auf dem Vorhof standen.

„Ich kann dir das GSIH nicht überlassen, Tearna. Diese Menschen wissen, was du getan hast. Sie würden dich nicht unter ihnen akzeptieren."

„Was ich … was ICH getan habe?" Tearna lachte höhnisch und schaute an Jayde vorbei, den Blick unter uns von einem zur anderen wandern lassend. „Was hat sie euch erzählt, hm? Hat sie euch erzählt, dass ich Menschen ermordet habe? Wie sie mich heldenhaft verbannt hat?! Hat sie euch erzählt, dass ich Menschen GETÖTET habe oder dass ich Menschen GERETTET habe?! Gott, ihr versteht nicht, dass ihr heute TOT wärt, wäre ich nicht gewesen! Dass ich das ganze Krankenhaus vor dem Untergang bewahrt habe!! Außerdem–"

„Tearna! Du wirst nicht erreichen, wofür zu gekommen bist!"

„Tzz." Sie ignorierte Jayde. „Bewohnerinnen und Bewohner des GSIH! Hört mir zu. Vor euch steht eine Heuchlerin. Eine machtgierige Hure, die ihre eigene Position sichern wollte, indem sie die, die sie durchschauen und rational denken können, dem sicheren Tode zum Fraß vorwirft. Eine Frau, die an etwas festhält, was keine Standfestigkeit mehr hat in dem, was kommt und schon längst Realität ist. Legt JETZT eure Waffen nieder! Legt jetzt eure Waffen nieder und lasst uns einmarschieren, dann steht euch ein sicheres Leben bevor. Das ist eure einzige Chance!" Tearna schwieg und wartete ab, was passieren würde. Doch niemand rührte sich. Kein Mensch im GSIH ließ sich von ihrer Rede überzeugen.

„Gut," fuhr sie fort. „Dann habt es auf eure Art."

„Tearna … lass es einfach sein. Du hast genug Blut an deinen Händen. Wenn du diesen Kampf beginnst, wird noch mehr daran kleben. Diesmal werden es keine Menschen sein, die im Sterben liegen. Dieses Mal werden es etliche, kerngesunde Menschen sein, darunter nicht nur diese Menschen im GSIH, sondern deine eigenen Leute. Denkst du wirklich, du greifst hier an und kannst einfach alles übernehmen, ohne irgendwelche Verluste?"

„Versuch gar nicht erst, mich abzuhalten."

„Tearna, verdammt!!" Jayde schrie so laut, dass es über den ganzen Platz hallte, vielleicht sogar bis in die Stadt. „Ich verstehe, du bist frustriert. Ich verstehe, du hasst mich für das, was vorgefallen ist. Dann nimm mich. Nimm mich mit dir, töte mich, foltere mich, verdammt, tu was auch immer dir vorschwebt. Aber lass diese Menschen in Frieden." An diesem Punkt machte ich mich bereit, einzugreifen. Niemand würde Jayde unter meiner Aufsicht verletzen!

Ich umschlang den Griff meiner Beretta mit der ganzen Hand und löste den Sicherheitshebel. Eine falsche Bewegung und ich würde Tearna in die Stirn schießen … dafür war ich nun bereit.

„Du verstehst es nicht." Tearna lächelte bittersüß und schüttelte den Kopf. Sie schaute Jayde tief in die Augen. „Du wirst heute sterben. Das hast du richtig erkannt. Aber an dieser Stelle wird es nicht aufhören. Das GSIH gehört mir – es gehört uns. Wir holen es uns zurück und mir ist scheißegal, über wie viele Leichen wir dafür gehen müssen. Ich bringe dich um, dann bringe ich Ronald um, Melissa, Norbert, falls sie nicht bereits an einer Vergiftung verstorben sind?" Sie lachte. „Dann töte ich das gesamte Sicherheitspersonal und wer auch immer mir noch im Wege steht. Du und deine beschissene Heile-Welt-Ordnung sind einfach nicht mehr realistisch, Jayde! Eine andere Herangehensweise ist gefragt und Stärke wird obsiegen! Das ist, was das Georgestone-Instant-Help Krankenhaus in Zukunft sein wird: Eine Bastion der Stärksten, ein Zufluchtsort für Überlebende, die in der Lage dazu sind, in der NEUEN Welt zu leben!! Aber dafür müssen Schwächlinge wie du und deine Leute sich von der Welt verabschieden." Jayde sagte für einen Augenblick nichts. Sie schaute auf den Boden, doch es war kein reuevoller Blick. Es war keine Trauer, kein Aufgeben, keine Akzeptanz. Es war ein analysierender Blick. Sie schaute genau, wer wo stand.

Dann drehte sie sich noch einmal um und schaute mir tief in die Augen. Sie lächelte. Ihre Augen glitzerten in den letzten Sonnenstrahlen. Das Lächeln war wehmütig, doch es war voller Liebe.

„Heute nicht," hauchte sie und drehte sich zurück zu Tearna. Dann erkannte ich, was vor sich ging. Sie war unbewaffnet nach draußen gegangen, doch trug die größte Waffe bei sich. Nur ein kleiner Zylinder in ihrer Faust bedeutete den Ausgang unserer Lage.

„Bitte was?" entgegnete Tearna spöttisch. Jayde lächelte auch sie an.

„Jayde, nein! JAYDE!!" brüllte ich und sprang aus dem Türrahmen. Doch es war zu spät. Das Klicken war leise und erreichte uns kaum. Es sollte das letzte sein, was Tearna zu hören bekam. Ein mächtiger Knall zog sich durch die Ohren. Die Sprengsätze an den Kisten im Vorhof zündeten und schleuderte die Barrikaden durch die Gegend. Jaydes feuerrote Haare verglühten. Die Bomben zerrissen sie und verteilten, was in ihr und ihrer alten Freundin war über dem Platz.

Der Druck schleuderte mich und meine Waffe zu Boden, doch ich blieb unversehrt. Eine undurchdringbare Staubwolke stieß nach oben und verwehrte den Blick auf alles, was zuvor noch sichtbar war. Dann fielen Schüsse aus allen Richtungen. Die Fremden schossen durch den Staub auf das Krankenhaus. Unsere Leute schossen zurück durch die Fenster und die, die auf dem Hof stationiert waren, zogen sich zurück.

„Rückzug! Zurückfallen, verdammt!" brüllte Cillian in den Funkkanal. Ich griff nach der Pistole neben mir und schoss ziellos in den Sandsturm, während ich auf dem Boden zurück zum Tor kroch. Ich schoss so lange, bis der Lauf stecken blieb und die Waffe nur noch klickte. Ein Arm griff mich und zog an mir, bis ich endlich hinter den Türen saß. Es war Reid, der mich gesehen hatte und mit aller Kraft nach draußen gehumpelt war.

„Zu! Schließen! Verriegelt das verdammte Tor!!" Cillian brüllte die Menschen um sich herum an bis zwei von ihnen die schwere Metalldoppeltür zudrückten, an ein Gitter sprangen, um es herunterzuziehen und anschließend einen Knopf drückten, der langsam und mit schrillem Alarmläuten ein weiteres Sicherheitstor über den Eingang schob.

Alle um mich herum positionierten sich neu, luden ihre Waffen nach und hielten Funkkontakt zueinander. Die Schüsse hörten noch nicht auf. Der Kampf zwischen den Überlebenden unter Tearnas ehemaligem Kommando und unseren Schützen und Schützinnen an den Fenstern der oberen Stockwerke nahm seinen Lauf.

Ich saß mit dem Hintern auf dem kalten Belag der Vorhalle, meine leere B92 neben mir, und starrte auf das verriegelte Stück Stahl vor mir. Es war das einzige, das mich von unserer Anführerin trennte.

„Sie ist noch da draußen … jemand muss ihr helfen …,“ brummte ich vor mir her. Ich hoffte, dass irgendetwas passieren würde, doch es war nur für mich selbst. Ich wusste, es ergäbe keinen Sinn, wenn jemand mich hören würde. Niemand konnte ihr helfen. Sie war tot. Sie war mehr als das. Sie war zerfetzt worden. Von ihr war nichts mehr übrig, das man Dr. Jayde O'Shea nennen könne. Ich war wieder allein.

Irgendwann begannen die Schüsse zu verstummen, doch sie klangen weiter in meinem Kopf. Klick. Bumm. Peng. Ein Knopfdruck, eine Explosion, Schüsse. Ein Knopfdruck, eine Explosion, Schüsse. Das Szenario wiederholte sich und wiederholte sich und es wollte kein Ende mehr nehmen.

Ich fragte mich, was wohl als nächstes passieren würde. Tearnas übrige Leute – würden sie wiederkommen und Widerstand leisten? Würden sie ihre Führerin rächen und versuchen, das GSIH dem Erdboden gleich zu machen? Waren überhaupt noch welche von ihnen am Leben oder waren sie alle tot? Oder was, wenn das nächste Problem von innen heraus kommen würde? Unser Oberhaupt war tot. Wer würde diese Rolle jetzt füllen? Würde diese Person dieselben Ansichten wie Jayde verfolgen? Gäbe es einen Kampf um den Strukturwechsel? Würde sich alles verändern?

Doch das, was kommen würde, sollte anders werden. Das eigentliche Problem sollte viel größer werden und uns vor eine Herausforderung stellen, der niemand von uns gewachsen war.

tbc

**Weiter geht es in „Backfire – Volume 4: Hypoxia"
im Winter 2022/23!**

Besucht jetzt meinen
Blog unter
www.jeffmalum.com

sowie das Backfire-Wiki unter
www.backfire-books.com

und helft, eine Community aufzubauen!

Dort gibt es auch die aktuellsten
Neuigkeiten, genau wie auf Instagram:

@jeffmalum

Für konstruktive Kritik und Fragen bin ich persönlich erreichbar per E-Mail unter folgender Adresse:

backfirebooks@gmail.com

Ich freue mich über jede Reaktion auf dieses Buch!